# GALERIES

DES

# BEAUX-ARTS

CONTENANT

LA LISTE COMPLÈTE ET EXPLICATIVE DES OBJETS EXPOSÉS

AVEC LES PRIX DE VENTE.

**Orné de 16 vignettes dessinées par M. DUVAUX**

GRAVÉ PAR MM. BARRA ET GÉRARD.

---

**Prix : 60 cent.**

---

**PARIS**

Ce Catalogue se distribue aux Galeries des Beaux-Arts

**BOULEVARD BONNE-NOUVELLE, 20 ET 22.**

Prix : 50 centimes.

1844

BARI et GERARD — J. DUVAUX.

INTÉRIEUR DES GALERIES DES BEAUX-ARTS.

# CATALOGUE

ILLUSTRÉ

# DES GALERIES

## DES BEAUX-ARTS

PARIS

GALERIES DES BEAUX-ARTS,
boulevard Bonne-Nouvelle, 20 et 22;

ET CHEZ TECHENER, LIBRAIRE,
12, PLACE DU LOUVRE.

1843

# PRÉFACE.

Des besoins nouveaux naissent journellement dans la classe artiste ; de nombreux talents surgissent de toutes parts, qui sont impuissants à marquer leur place au soleil de la publicité. Cela vient, il faut bien le dire, de l'indifférence en matière d'art, indifférence presque généralement répandue dans les masses. Le progrès, qui est bien marqué dans les idées des artistes, n'est pas encore perceptible dans celles du public. A l'exception de quelques rares amateurs, on trouve peu d'hommes, même parmi les spectateurs assidus des musées et des salons de peinture, qui cherchent dans les productions des arts une portée grande et élevée, et qui voient dans les artistes autre chose que des imitateurs plus ou moins fidèles, plus ou moins minutieux, des objets de la nature. Il suit de là que les vrais adeptes de l'art, les philosophes et les poëtes de la peinture, tous ceux qui pensent, — souffrent, végètent tristement et s'étiolent enfin faute des éléments de vie qu'on prodigue aujourd'hui à la médiocrité, cette reine de notre époque : les faveurs du pouvoir, les belles places du Louvre, les encouragements, etc., etc .

On a dit souvent que la légèreté est le défaut dominant du public français ; on pourrait ajouter à cela qu'il est inattentif toutes les fois qu'il est mis en rapport avec une série de faits qui ne participent pas immédiatement des occupations habituelles de son esprit. Le meilleur moyen de développer son éducation dans une voie quelconque, celle des arts, par exemple, puisque nous sommes ici sur ce sujet, c'est de réitérer les occasions d'exciter son intérêt et de le tenir en éveil ; nous l'avons déjà écrit ailleurs : quand le public français réfléchit, il est plus qu'à demi instruit.

C'est en raison de ce principe que les fondateurs des Galeries des Beaux-Arts ont cru pouvoir venir en aide aux artistes, en fa-

1.

cilitant leurs relations avec le public, et en employant pour ce but tous les moyens dont ils disposent, savoir : une exposition rendue plus attrayante par la variété et par la réunion dans un même lieu de tous les objets propres à éveiller la curiosité ; un journal d'art, dont la mission est d'appeler sans cesse l'attention des lecteurs sur les ouvrages exposés dans leurs galeries ; enfin, une société d'encouragement aux arts, qui promet à chacun de ses membres le gain d'un objet d'art en échange d'une souscription modique (1).

Si leurs prévisions ne les trompent pas, les directeurs des Galeries des Beaux-Arts arriveront ainsi à propager le goût des œuvres d'art et à assurer par là aux artistes qui leur confient leurs intérêts un avenir plus séduisant que le présent qu'ils déplorent.

Qu'on nous permette ici de répondre à une objection qui a été souvent adressée à tous ceux qui ont plaidé la cause des artistes et qui ont réclamé pour eux des encouragements légitimes. On a prétendu qu'il pouvait être nuisible de leur faciliter la route épineuse des arts, et qu'un encombrement dangereux et déplorable ne tarderait pas à résulter de l'état de bien-être qu'on désire pour eux. C'est une erreur de croire qu'un encouragement généreux attire dans la carrière un trop grand nombre de rivaux indignes de la parcourir. Si cet encouragement est circonspect et éclairé, vous verrez bientôt les faibles et les incapables faire eux-mêmes justice de leur insuffisance et renoncer à un espoir dont la lutte leur aura démontré la vanité. Il ne s'agit pas d'étouffer les aspirations de la jeunesse vers le monde des arts en faisant peser sur elles une indifférence générale. Il faut plutôt amener graduellement les masses à un degré d'éducation artiste assez élevé pour que leur choix spontané du beau et du bien condamne infailliblement au mépris et à l'oubli le mauvais et même le médiocre. Tout homme que son goût entraîne invinciblement dans l'exercice d'une profession, y devra réussir. De quel droit arrêtera-t-on son essor ? Il sent, il aime ; donc il peut produire, donc il peut être utile. Développez dans la voie des arts l'intelligence du public, et tous ces esprits divers qui com-

(1) Voyez à la fin du catalogue les statuts de *l'Union protectrice des Arts*

posent le monde passif viendront sympathiser, chacun suivant les lois de son organisation propre, avec quelqu'une des organisations du monde actif des arts. Naturellement alors, sans secousse aucune, sans faire supporter au vrai talent les vicissitudes de la guerre que vous déclarez à la médiocrité stérile, tous ceux qui n'appartiennent pas par le cœur à la noble pléiade des artistes, tous ceux qui n'ont d'autre mobile dans cette carrière qu'un sentiment de paresse ou un esprit de spéculation, tous ceux-là fuiront, soyez-en sûrs, et laisseront le champ libre à qui sait le cultiver et le faire fructifier.

Pour arriver au but dont la création des Galeries des Beaux-Arts est le moyen, il faut accorder une large et généreuse hospitalité aux productions étrangères. Le rapprochement et la comparaison des écoles peuvent seules exciter le goût public. Rien d'ailleurs n'est plus utile à nos artistes nationaux — quoi qu'ils en puissent penser — qu'un système d'échange continuel, dont le résultat immédiat serait d'obtenir pour leurs ouvrages, chez nos voisins, les égards et partant l'estime que les œuvres de nos voisins auraient trouvés chez nous.

L'intention des fondateurs des Galeries des Beaux-Arts a pris naissance dans la conviction profonde qu'ils ont puisée à la source des idées qui précèdent : ils ont voulu rapprocher la classe des amateurs de la classe des artistes, ils ont voulu établir entre eux un système d'action réciproque qui pût les amener à se prêter un appui mutuel. Ils se croiront dignement récompensés de leurs efforts s'ils parviennent à mettre au jour quelques talents nouveaux, et à augmenter par leur propagande le nombre des admirateurs de nos maîtres français, de ceux qui exercent leur art dans les régions élevées, d'où le peintre et le sculpteur concourent aussi pour leur part au grand œuvre de la civilisation moderne.

ALBERT DE LA FIZELIÈRE,

Rédacteur en chef du *Bulletin de l'Ami des Arts.*

A aucune époque de leur histoire les arts n'ont été aussi généralement répandus et cultivés qu'ils le sont aujourd'hui, et jamais pourtant ils n'ont eu besoin, comme aujourd'hui, d'être secourus et encouragés.

Le talent court les rues, pour parodier un mot célèbre, mais la fortune ne sourit pas également à tous les passants; on a beau lui tendre les bras, il est difficile de la fixer. Beaucoup de jeunes gens d'un mérite réel luttent en vain contre l'indifférence du monde; leurs efforts risquent presque toujours de rester sans résultat, car ils ne sont pas connus, ils manquent de publicité.

La publicité! voilà donc le grand mot du jour, la raison du succès.

La présence, pendant dix ans, du nom d'un artiste dans le livret de l'Exposition; les œuvres d'un artiste toujours nouvelles, toujours progressives, suspendues, chaque année, pendant dix ans, aux murailles du Louvre, seront impuissantes à le faire connaître, si la publicité, criant son nom par la ville, ne le conduit pas de journal en journal jusqu'au temple de la renommée.

Cependant il est presque aussi difficile aux artistes d'obtenir la publicité que d'arriver à la fortune; ils sont forcés d'être connus pour avoir le droit de gagner de l'argent, et s'ils n'ont pas d'argent, ils ne peuvent pas se faire connaître. Ils tournent dans un cercle sans pouvoir en trouver l'issue.

En fondant la Galerie des Beaux-Arts nous avons voulu tenter de remédier à un mal que tout le monde connaît et déplore à la vérité, mais que personne n'a jamais essayé de vaincre.

A cet effet, nous avons ouvert, dans un local *unique* à Paris, de belles et vastes salles où tous les artistes, peintres, sculpteurs ou graveurs trouveront une place pour tous leurs ouvrages, quelle que soit leur dimension.

Nous réunirons dans une galerie spéciale les sujets religieux. MM. les ecclésiastiques et les membres des conseils de fabrique pourront y choisir les tableaux et les statues dont ils auront besoin pour leurs églises. Nous ferons en sorte de les tenir toujours au courant des modifications de notre catalogue.

La position qu'il occupe dans le commerce de la haute librairie permet à M. Techener d'étendre à la vente des ouvrages d'art les relations qu'il a déjà établies depuis longtemps avec les amateurs de tous les pays, et d'imprimer ainsi une impulsion utile et rapide à la vente des objets d'art qui nous seront confiés.

Pour procurer aux ouvrages exposés la publicité nécessaire, nous avons dû penser à réunir dans les Galeries des Beaux-Arts tous les éléments propres à exciter la curiosité ou l'intérêt du public ; en conséquence, nous avons joint à l'exposition des tableaux une collection de journaux et brochures de livres d'art que tous les visiteurs auront la faculté de consulter.

Un journal est annexé à l'entreprise des Galeries des Beaux-Arts.

Ce journal paraît tous les quinze jours, par numéro de deux feuilles, avec une gravure et une couverture, sous le nom de BULLETIN DE L'AMI DES ARTS.

Il est divisé en deux parties bien distinctes : la première, entièrement consacrée aux beaux-arts et à la littérature, contient des articles de critique, d'histoire de l'art, de biographies d'artistes et enfin de curiosités historiques et scientiques. Ces dernières ont surtout pour but de faciliter aux artistes les recherches relatives aux costumes, aux portraits historiques, à la composition chimique des couleurs, etc., etc.

La seconde partie est destinée à faire connaître aux amateurs de tableaux et aux artistes toutes les nouvelles artistiques de la quinzaine, les opérations de l'administration, le mouvement des objets d'art exposés dans les Galeries, et une *bibliographie raisonnée* des gravures, lithographies et ouvrages d'art publiés en France dans la quinzaine.

LE BULLETIN DE L'AMI DES ARTS tient ses lecteurs au courant de toutes les commandes et de tous les achats faits à Paris et dans les départements, soit par les administrations du gouvernement, soit par les particuliers. Il donne, de plus, la liste des travaux d'art projetés, ainsi que celle des grandes publications qui peuvent intéresser les artistes et le public.

En un mot, LE BULLETIN DE L'AMI DES ARTS justifie complétement son titre, en portant à la connaissance de ses abonnés tout ce qui peut avoir trait aux beaux-arts.

Les artistes comprendront quel immense avantage ils pourront retirer de leurs relations avec nous; ils comprendront surtout quelles sont les chances de succès de ces deux opérations simultanées, faites en vue l'une de l'autre, et sous les auspices d'une maison de librairie des plus connues de Paris. Notre plan général peut se résumer ainsi : **PUBLICITÉ IMMÉDIATE** pour tous les ouvrages des artistes; **PUBLICITÉ** par l'exposition; **PUBLICITÉ** par la voie de la presse.

Persuadés de l'utilité de notre entreprise, nous avons voulu établir un règlement qui servît de base fondamentale à toutes nos opérations, et leur imprimât une marche régulière ; en conséquence, nous avons arrêté ce qui suit :

ART. 1er. Les Galeries des Beaux-Arts, ouvertes au bazar Bonne-Nouvelle, sont consacrées à l'exposition permanente d'un choix d'objets d'art anciens et modernes, tels que tableaux, sculptures, bronzes, aquarelles, dessins, gravures et lithographies.

ART. 2. L'administration se réserve expressément le droit d'admettre seulement les ouvrages qui lui paraîtront devoir remplir le but sérieux qu'elle se propose.

ART. 3. Les objets admis sont inscrits par numéros d'ordre sur un registre à souche, et le dépôt est constaté par un reçu délivré au déposant.

ART. 4. La durée du dépôt et de l'exposition des objets est fixée à trois mois, à partir du jour de l'enregistrement.

ART. 5. Les frais de dépôt pour les tableaux anciens ou modernes, aquarelles, dessins, gravures ou lithographies, sont fixés, savoir : deux mètres de tour, y compris le cadre, et au-dessous, 3 fr. par trimestre; quatre mètres de tour, y compris le cadre, et au-dessous, 4 fr. 50 c. par trimestre.

Le prix de dépôt des tableaux dont les dimensions dépasseraient quatre mètres de tour, ainsi que celui des sculptures, bronzes, etc., sera réglé à l'amiable entre les déposants et l'administration. Les aquarelles, sépias et dessins non encadrés sont exempts des frais de dépôt.

Art. 6. Les objets exposés peuvent être donnés en location sur l'autorisation des artistes propriétaires; et, dans ce cas, ces artistes partagent avec l'administration le prix de ladite location de la manière suivante : moitié pour l'artiste, moitié pour l'administration

Art. 7. Il est prélevé par l'administration une prime de dix pour cent, à titre de commission, sur tous les produits de ventes effectuées dans les galeries de l'exposition.

Cette prime est seulement de 5 pour 100, quand la vente est faite directement par le déposant, et au prix porté sur les registres de l'administration.

Art. 8. Tous les six mois, l'administration fait une vente, par voie d'adjudication publique, de ceux des ouvrages désignés à cet effet par les exposants, et elle perçoit, sur le produit de cette vente, une prime de 10 pour 100, comme il est stipulé dans l'article précédent.

Art. 9. La vente a lieu dans les salles de l'exposition. Un catalogue raisonné des objets à vendre est envoyé aux Musées et aux amateurs de la province et de l'étranger.

Art. 10. L'administration se charge d'acquitter tous les frais relatifs au transport, emballage, encadrement, restauration, ports de lettres et de paquets, moyennant le remboursement à l'expiration du dépôt.

Art. 11. Tous les objets déposés sont assurés contre l'incendie.

Art. 12. Une somme de 25 centimes par personne est perçue comme droit d'entrée. Le montant de ces droits est destiné à donner aux objets exposés la plus grande publicité possible.

Les artistes exposants sont admis sans rétribution, au moyen d'une carte personnelle qui leur est délivrée au moment du dépôt.

Techener et Guillemin,

Fondateurs des Galeries des Beaux-Arts.

## BULLETIN DE L'AMI DES ARTS.

M. Albert de La Fizelière, rédacteur en chef.

MM. G. Brunet (de Bordeaux), A. Desbarrolles, J.-M. Guichard, Victor Hugo, de l'Académie Française, Jules Janin, X. Marmier, Emmanuel Masséras, Charles Nodier, de l'Académie Française, Roger de Beauvoir, Francis Wey,

POUR LA LITTÉRATURE.

MM. Louis Boulanger, A. Chabouillet, Duchesne aîné, Duplessis, Paul Huet, Ad. de Longperrier, de Saulcy, membre de l'Institut, baron Taylor,

POUR LES BEAUX-ARTS ET L'ARCHÉOLOGIE.

MM. Alex. Dufaï, L. Guillemin, Hippolyte Rolle et Scudo,

POUR LA CRITIQUE.

---

## CONDITIONS DE L'ABONNEMENT AU BULLETIN DE L'AMI DES ARTS.

Les abonnements comptent à dater du 1er juillet 1843.
Le journal paraît le 10 et le 25 de chaque mois.

### PRIX DU JOURNAL :

| PARIS. | | PROVINCE. | |
|---|---|---|---|
| Un an. . . . . . | 20 fr. | Un an. . . . . . | 24 fr. |
| Six mois. . . . . | 11 fr. | Six mois. . . . . | 13 fr. |
| Trois mois. . . . | 6 fr. | | |

Pour l'étranger, les numéros seront envoyés au prix de la

province, par l'entremise des correspondants des GALERIES DES BEAUX-ARTS.

MM. les artistes dont les ouvrages seront exposés dans les GALERIES DES BEAUX-ARTS jouiront d'une remise de 4 fr. pour l'année, 2 fr. pour six mois, et 1 fr. pour trois mois.

ON S'ABONNE, A PARIS,

Chez J. TECHENER, libraire-éditeur, place du Louvre, 12;
Et aux GALERIES DES BEAUX-ARTS, boulevard Bonne-Nouvelle, 20 et 22.

EN PROVINCE,

Chez les principaux libraires.

ET A L'ÉTRANGER,

| | | | |
|---|---|---|---|
| Londres. | chez BARTHES et LOWEL. | Manheim, | chez ATHARIA. |
| La Haye. | JACOB | Dresde. | WINCKLER. |
| Bruxelles. | VANDALLE. | Vienne. | RORHMANN. |
| Gand. | HOSTE. | Turin. | BOCCA. |
| St-Pétersbourg. | BELLIZARD et Comp. | Milan. | DUMOLARD. |
| Berlin. | ASHER et Comp. | Rome. | MERLE. |
| Leipzig. | BROKHAUS et AVENARIUS. | Florence. | MOLINI |
| | | Madrid. | DENÉ et Comp. |
| Dusseldorf. | J. STAHL. | Genève. | CHERBULIEZ. |
| Francfort. | BAER. | Liége. | POLIN. |
| Munich. | DE COTTA. | | |

# CATALOGUE ILLUSTRÉ

DES

# GALERIES DES BEAUX-ARTS (1)

## TABLEAUX

EN VENTE ET EN LOCATION.

FR.

10 Bouquet de Marguerites (*huile*), par **Fabreguettes**. . 175
T., h. 45 c., l. 37 c.

11 Bouquet de Dahlias (*huile*), par le **Même**. . . . . . 175
T., h. 45 c., l. 37 c.

13 Fleurs (*aquarelle*), par Mlle **Herzog** (Julie.). . . . . 170
Dans une corbeille.
T., h. 75 c., l. 58 c.

14 Fleurs (*aquarelle*), par la **Même** . . . . . . . . . . 170
Dans un vase avec fruits sur le marbre.
T., h. 75 c., l. 58 c.

23 Abjuration du roi Henri IV dans l'abbaye de Saint-Denis, 25 juillet 1593, par **Lesaint**. . . . . . . 1,800

« Le dimanche 25 de juillet 1593, le roy Henry IV, assisté d'un grand nombre de princes, des officiers de la couronne et autres gentilshommes, etc., est allé à la grande église de Saint-Denys. Reçu, à son entrée, par l'archevêque de Bourges, lui a demandé qui il étoit. Le roy lui a répondu : « Je suis le roy. — Que demandez-vous ? — Je demande, dit le roy, estre reçu au gyron de l'esglise catholique, apostolique et romaine. »

(1) Ce catalogue annule le premier livret, devenu incomplet. Les numéros manquant dans l'ordre numérique depuis le numéro 400 ont été vendus.
Tous les tableaux, pastels, dessins et aquarelles sont richement encadrés.

FR.

« Conduit au chœur, il s'est mis à genoux et a entendu la grand'messe. Après plusieurs pratiques religieuses, le roy s'est retiré en son logis avec la même cérémonie qu'il étoit venu, suivi d'un peuple infini, qui a crié Vive le roy ! »

Environ 200 figures. T., h. 2 m. 45 c., l. 1 m. 80 c.

30 La mauvaise Réussite, par BOURDET . . . . . . . . 150

Dans une pauvre mansarde, une jeune fille vient d'interroger les cartes et paraît interdite du résultat de son expérience.

« Un matin, je montai chez Célestin ; je ne l'avais pas vu depuis huit ou dix jours : la clef était dans la serrure ; j'entrai sans frapper. Rosine était assise au milieu de la chambrette. Le bruit que je fis en ouvrant la porte ne la tira pas de la triste rêverie où elle était plongée. La manière dont sa chaise était placée, le dos tourné à une petite table couverte du tartan de la pauvre enfant, en guise de tapis, montrait jusqu'à l'évidence qu'elle avait été retournée par un mouvement d'irritation. Des cartes étaient rangées le plus cabalistiquement du monde sur le tapis ; la gentille Rosine avait consulté le destin, et le destin sans doute avait été cruel !... Rosinette, ordinairement si rieuse et si vive, Rosinette renversait piteusement sa jolie tête sur sa petite main, que je voyais doucement trembler et se crisper. Je lui touchai légèrement l'épaule ; elle se releva par un mouvement brusque et en poussant un petit cri d'effroi... « Oh ! monsieur Jules, dit-elle en joignant ses deux mains et après m'avoir considéré un instant, je suis bien malheureuse : Célestin me fait des traits ; c'est une horreur : il écrit des lettres à une femme blonde, et il la poursuit partout. » Et Rosine se mit à sangloter en cachant sa tête sur mon sein. « Qui peut donc vous faire penser cela, ma chère enfant ? » Rosine étendit la main ; je suivis la direction qu'elle m'indiquait, et j'aperçus à ses pieds les débris d'une carte déchirée : c'était la *dame de carreau ;* l'as de cœur était à côté. Je compris toute l'étendue de son malheur, et je me pris à rire aux éclats...

« . . . . . . . . . . . . . . . . . . . . . . . . . .

« ... A ces derniers mots, Rosine retrouva sa gaieté

FR.

naturelle. « Pour punir Célestin de son retard, me dit-elle en riant, vous allez prendre sa part du déjeuner. » Nous nous assîmes en face l'un de l'autre ; elle étendit un eserviette sur nos genoux rapprochés, et nous mangeâmes, — non sans interrompre par de gais propos ce charmant repas, — une botte de radis, du beurre et du pain. »

H. 32 c., l. 40 c.

36 Une Suissesse, par Mlle GLATIGNY (Maria de). . . . . 800

Ketty allant aux raisins, le jour de la fête des vignerons, qui se célèbre à Vévey, canton de Vaud.

T., h. 1 m. 28 c., l. 95 c.

41 La Pensée du crime, par VERDIER. . . . . . . . . . . 2,000

Caïn méditant le meurtre de son frère Abel.

50 Saint Matthieu, par LORDON. . . . . . . . . . . . . 1,200

Sous un ciel sombre et chargé d'orage, le vieillard écrit. A sa droite, les ailes encore déployées, un ange resplendissant de lumière et tenant une torche à la main, vient de descendre du ciel pour inspirer le saint évangéliste. Les deux figures, du vieillard et de l'envoyé céleste, l'un triste et courbé par l'âge, l'autre radieux de jeunesse et de divinité, forment un contraste des plus heureux.

T., h. 2 m. 58 c., l. 1 m 95 c.



2.

FR.

56 Ibrahim, par **Marchand**. . . . . . . . . . . . . . . . 200

Étalon de sang du dépôt de remonte du bois de Boulogne.

T., h. 34 c., l. 43 c.

57 Étude de cheval blanc, par le **Même**. . . . . . . . . . 200

T., h. 32 c., l. 40 c.

59 Jésus et la Samaritaine, par **Ransonnette**. . . . . . 15

D'après M. Théodore Aligny (gravure encadrée).

H. 42 c., l. 49 c.

60 Enfance de Sixte-Quint, par le **Même**. . . . . . . . . 15

D'après M. André Giroux (gravure encadrée).

H. 42 c., l. 49 c.

61 Intérieur de l'église de l'ancienne abbaye de Saint-Augustin, à Essomes (Aisne) (*aquarelle*), par le **Même**. . . . . . . . . . . . . . . . . . . . . 150

H. 44 c., l. 37 c.

66 Tête d'étude d'une jeune fille, par **Belloc**. . . . . . 300

T., h. 54 c., l. 45 c.

67 Scène d'inondation (*aquarelle*), par **Bourdet**. . . . 60

T., h. 31 c., l. 40 c.

69 Épisode du combat naval d'Algésiras, par **Champel**.. 150

T., h. 36 c., l. 53 c.

70 Plage de Bretagne, par le **Même**. . . . . . . . . . . 75

T., h. 26 c., l. 40 c.

73 Volontaire républicain, année 1792, par **Debrosses**.. 80

Statuette.

FR.

74 Portrait de M. Alexandre D..., par le **Même**. ( *Vendu*).
Statuette.

75 Effet du matin, par **Desbrosses** (Léopold) . . . . . 60
Paysage.
T., h. 22 c., l. 16 c.

76 Alexis et Corydon, par **Chintreuil**. . . . . . . . . . . 50
Deuxième Eglogue de Virgile. Paysage.
T., h. 27 c., l. 21 c.

77 Une Étude, par **Bourbon**. ( *Vendue*. ). . . . . . . . .
Vue de Fontainebleau.
T., h. 30 c., l. 37 c.

85 Fleurs et fruits, par Mlle **Boulanger** (Annette). . .
T., h. 45 c., l. 53 c.

87 La mort de Messaline, par **Boulanger** (Louis). . . . 3,500

« Narcisse (tribun de Rome et accusateur de Messaline), craignant de voir échouer ses projets, ordonne aux centurions et aux tribuns de garde d'aller consommer le supplice de Messaline, disant que l'empereur le veut ainsi. L'affranchi Evodus est chargé de les surveiller et de les animer; il les précède en hâte dans les jardins de Lucullus, et trouve Messaline étendue par terre, et à côté d'elle sa mère Lépida. Brouillée avec elle pendant sa haute fortune, elle venait lui rapporter, à ses derniers moments, toute sa tendresse; elle lui conseillait de ne point attendre un bourreau, lui disant que sa carrière était terminée, qu'il lui fallait une mort honorable; mais cette âme flétrie par la débauche n'avait plus rien de noble et de courageux. Des larmes et de vains gémissements étaient ses réponses, lorsque tout à coup les portes sont enfoncées avec violence; le tribun se présente en silence devant elle et lui jette son épée; l'affranchi l'accable d'insultes et d'invectives dignes d'un esclave comme lui.

« Alors, pour la premièrefois, elle vit son malheur; *elle prit d'une main tremblante le fer, qu'elle approcha vainement de son sein et de son cœur:* le tribun la poussa dessus, et elle fut transpercée. »

(TACITE, l. XI.)

Dix figures. T., h. 3 m. 13 c., l. 3 m. 93 c.

89 Fleurs d'automne, par BAYLE. . . . . . . . . . . . 300

Jetées sur une table, un vase étrusque est à côté.

T., h. 45 c., l. 54 c.

90 Fleurs et fruits, par le MÊME. . . . . . . . . . . . . 900

Dans la campagne au soleil couchant.

T., h. 98 c., l. 80 c.

108 Les Septembriseurs, par VERDIER. . . . . . . . . 3,000

Dévouement de mademoiselle de Sombreuil.

Le vénérable Sombreuil, gouverneur des Invalides, est amené à son tour, et condamné à être transféré à la Force. Sa fille l'a aperçu du milieu de la prison; elle s'élance au travers des piques et des sabres, serre son père dans ses bras, s'attache à lui avec tant de force, supplie les meurtriers avec tant de larmes et un accent si déchirant, que leur fureur, étonnée, est suspendue; alors, comme pour mettre à une nouvelle épreuve cette sensibilité qui les touche, «*Bois,* disent-ils à cette fille généreuse, *bois du sang des aristocrates*, et ils lui présentent un vase plein de sang; elle boit, et son père est sauvé! »

(THIERS, *Histoire de la Révolution*, tome 2, p. 325)

Quarante-quatre figures. T., h. 5 m. 50 c., l. 2. m.90 c

FR.

109 Châtiment du quatre-piquets dans les colonies, par le MÊME. . . . . . . . . . . . . . . . . . . 4,000

« Le fouet est la punition infligée aux nègres pour leurs fautes de toute nature; les femmes n'en sont pas plus exemptes que les hommes.

« L'esclave condamné est attaché à plat ventre, les bras et les jambes étendus à quatre piquets fixés en terre; c'est dans cette position violente et le corps nu qu'il reçoit le châtiment : l'instrument du supplice est un fouet long de sept à huit pieds fixé à un manche très-court.

« La force du bourreau répond à la volonté du maître... Souvent le fouet coupe et arrache les chairs... On lit dans le rapport d'un médecin chargé de constater l'état d'une mulâtresse qui venait de recevoir l'ignoble correction : « Cette esclave a reçu quinze à vingt coups, qui ont opéré sur la partie gauche une solution de continuité de deux lignes de profondeur et de trois pouces de longueur. » Un autre, après avoir examiné un esclave flagellé depuis un mois, reconnaît une vingtaine de petites plaies, partie cicatrisées, partie encore vives. »

(*Des Colonies françaises,* par Victor SCHOELCHER.)

Dix-sept figures. T., h. 1 m. 53 c., l. 2 m. 17 c.

125 Le Retour des champs, par madame LEGRAIN. . . . 50

T., h. 20 c., l. 30 c.

133 Les Canards, par FROMENT DE LORMEL. . . . . . .

T., h 20 c., l. 13 c.

155 Une Vue de l'île Adam, par DUMAX . . . . . . . . . 200

Neuf figures. T., h. 37 c., l. 52 c.

165 Silvio Pellico et Maroncelli au Spielberg, par COUVERCHEL . . . . . . . . . . . . . . . . . . .

« Plusieurs fois, tandis que lui, assis sur sa paillasse, lisait ou faisait des vers, ou peut-être feignait comme moi de se distraire par l'étude, et méditait sur nos malheurs, je le regardais douloureusement et me disais : « Combien ta vie sera plus triste encore lorsque

FR.

le souffle de la mort m'aura atteint, lorsque tu me verras emporté de cette chambre, lorsque regardant le cimetière tu diras : Silvio aussi est là. » Et je m'attendrissais sur ce pauvre survivant. »

(*Mes Prisons.*)

Quelle touchante poésie ! quelle noble amitié ! Silvio ne pleure pas sur lui. Qu'est-ce que la vie pour lui ? Il pleure sur son ami ; pauvre ami qui restera seul, inconsolable, sans son cher Silvio, qui partage ses peines, qui l'embrasse au coucher, qui l'embrasse au réveil. Cela est triste et touchant ; ce sujet devait tenter un peintre. Les peintres, les artistes, sont si merveilleusement organisés pour sentir ces délicatesses du cœur, ces peines intimes ! Ah ! c'est que les organisations se forment et se développent au contact du malheur, et les artistes ont souvent souffert !... M. Couverchel a compris tout ce qu'il y avait de poésie dans ces lignes touchantes, et il en a fait un petit tableau rempli de mélancolie.

Deux figures. T., h. 45 c., l. 37 c.

166 Moine en méditation, par le MÊME. . . . . . . . .

T., h. 74 c., l. 63 c.

167 Nature morte, par le MÊME. . . . . . . . . . . . . .

T., h. 34 c., l. 26 c.

171 Dernière halte des Juifs emmenés en captivité, par PLANET. . . . . . . . . . . . . . . . . . . . 600

« Au bord des fleuves de Babylone nous nous sommes assis et nous avons pleuré, nous souvenant de Sion. Aux saules, au milieu de ses campagnes, nous avons suspendu nos lyres, parce que là, ceux qui nous menaient captifs nous interrogeaient sur les paroles de nos chants. « Chantez-nous, disaient-ils, un air des cantiques de Sion. » Comment chanterons-nous un cantique du Seigneur sur la terre étrangère ? »

(*Psaumes de David.*)

Neuf figures. T., h. 1 m. 30 c., l. 96 c.

FR.

172 Jésus-Christ au sépulcre, par LECOURT . . . . . . . 600

«Et Joseph prit le corps et l'enveloppa d'un linceul.»
(*Évangile selon saint Matthieu.*)

Cinq figures. T., h. 2 m., l. 2 m. 15 c.

178 Une Négresse, par VERDIER.. . . . . . . . . . . . . 100

Étude d'après nature (aux deux crayons).

T., h. 57 c., l. 45 c.

189 Barque de pêche normande, après un temps pluvieux, par WIDERKEHR . . . . . . . . . . . . . . . 150

T., h. 34 c., l. 47 c.

192 Le Bonheur maternel, par FRICK . . . . . . . . . . 200

Une jeune femme, assise sur le gazon, contemple avec amour son jeune enfant endormi sur ses genoux.

Deux figures. T., h. 45 c., l. 37 c.

198 Souvenirs de Normandie, par MORET DE SARTROUVILLE. . . . . . . . . . . . . . . . . . . . 400

Sur le premier plan, les ruines d'une ancienne abbaye, un troupeau paissant sur le bord d'un grand chemin; dans le lointain, un grand paysage au fond duquel on voit la mer.

Six figures. T., h. 1 m. 30 c., l. 1 m. 62 c.

203 Charles IX et Marie Touchet, par CORNILLE. . . . . 200

Marie Touchet faisait compagnie au roi malade, et toujours avant de le quitter, l'engageait à ne pas donner l'ordre du massacre de la Saint-Barthélemy; il paraissait consentir; mais la reine mère venait bientôt et faisait évanouir ses bonnes dispositions.

Deux figures. T., h. 60 c., l. 80 c.

204 Vaches et moutons, par NÉRON. (*Vendu.*). . . . . .

T., h. 40 c., l. 55 c.

205 Un Novice, par MAURIN. (*Vendu.*). . . . . . . . .

Tenant le portrait du docteur Ricord.

T., h. 45 c., l. 37 c.

206 Vue du château d'Eltz, sur la Moselle, par W. ROELOFS, à Utrecht . . . . . . . . . . . . . . . . . . 600

T., h. 90 c., l. 79 c.

FR.

207 Paysage hollandais, par le Même.......... 250

T., h. 40 c., l. 52 c.

218 Flore, par Lobin................. 125

Tête d'étude.

223 Portrait, par Verdier. (*Vendu.*).........

M. E. de Labedollière.

224 Causerie, par Hugot............... 250

T., h. 45 c., l. 37 c.

229 Le Bain, par Rozier............... 150

Paysage, effet du matin.

T., h. 92 c., l. 71 c.

235 Buveur breton, par Hamon............ 180

H. 69 c., 56 c.

245 Novembre, par Français, paysage......... 800

Arrêtons-nous devant le *Novembre* de M. Français; c'est un de ces paysages que l'artiste a peints avec amour parce qu'il en portait l'image dans son âme, parce que c'est un souvenir de la contrée natale, et qu'il a rêvé jadis sous ces tendres ombrages. Regardez : sous ce ciel aux teintes déjà grises, mais non encore brumeuses, ne croyez-vous pas sentir l'air pénétrant et humide du jour *des Morts ?* Ces grands arbres dépouillés, aux troncs élancés, aux écorces blanchâtres, comme on les voit dans les forêts du Nord, ne vous font-ils pas éprouver cette sensation pénible qui serre le cœur aux derniers jours de l'automne? Oui! c'est bien la terne atmosphère de novembre; ce sont bien ses branches nues, mais conservant encore comme un souvenir de verdure; c'est bien là le sol jonché de feuilles qui grésillent sous les pas. Et ces bûcherons qui peuplent le paysage sans l'animer, parce que cette nature est morte! Et ces troncs abattus qui vous avertissent que l'hiver s'avance à grands pas! Et ces corbeaux sinistres avant-coureurs de la saison qui va venir, tournoyant sous ce pâle rayon de soleil, dernier sourire de la saison qui s'en va? Ne reconnaissez-vous pas tout cela? Ne vous souvient-il pas, en voyant ce beau paysage, du dernier adieu que vous avez été dire l'an passé aux forêts presque dépouillées par la bise mortelle?

H. 96 c., l. 61 c.

FR.

247 Chute du ruisseau des forêts de Chaufontaine, près de Liége (Belgique), par **Lamberti**. . . . . . . . 1,500

T., h. 98 c., l. 1 m. 29 c.

382 Sainte Agnès à l'agneau, de l'école **italienne**. . . . 300

T., h. 1 m. 45 c., l. 1 m. 5 c.

383 L'Assomption de la Vierge, d'**Herrera el Mozo**. . . 800

Elle est dans une gloire, soutenue et entourée par des anges et des chérubins.

384 Baptême de Jésus par saint Jean-Baptiste, de **Salviati**. 500

T., h. 1 m. 33 c., l. 1 m. 43 c.

385 Moïse sauvé des eaux, d'Alexandre **Véronèse** . . . 600

T., h. 1 m. 30 c., l. 1 m. 87 c.

388 La mort d'Alcibiade, par **Chéry**. . . . . . . . . . 1,500

Exposé au Musée royal, année 1791.

« Ceulx qui y furent envoyez pour le tuer, n'eurent pas la hardiesse d'entrer dedans la maison où il estoit, ains meirent le feu tout à l'entour, et luy soudain qu'il en ouit le bruit, assembla ce qu'il peut de vestemens, de tapisseries et autres draps, qu'il jetta dessus le feu pour le cuider estouffer : et entortillant son manteau à l'entour de son bras gauche, prnit son espée nue en la main droitte, et se jetta hors la maison sans que le feu luy feist aucun mal, sinon qu'il luy brusla un peu ses habillements. Les Barbares si tost qu'ilz l'apperceurent se tirerent arriere et s'escartent, et n'y en eust pas un qui l'osast attendre ny le joindre de près pour le combattre : mais de loing luy tirerent tant de coups de dard et de traict, qu'ilz le tuerent en la place. »

(**Plutarque.**)

390 Tombeau des sergents de La Rochelle, au cimetière Mont-Parnasse (effet du soir), par **Chintreuil**.. 40

T., h. 29 c., l. 37 c.

393 Le Sacre de Napoléon à Notre-Dame, par **David**. . . 18,000

T., h. 6 m. 10 c., l. 10 m.

FR

*394 Vue de Rouen, par PAUL HUET. . . . . . . . . . . 1,500

L'on aperçoit la Seine et les vieilles églises qui dominent la ville.

Ce paysage a une immense étendue qu'il doit à la manière habile dont la lumière est distribuée : les terrains du premier plan sont larges, bien peints, forts en couleur, et ils forment une heureuse opposition avec les tours des monuments de la ville que l'on aperçoit un peu plus loin. Ce paysage est un beau résultat des études de l'École hollandaise : il y a du souvenir de Ruisdael dans ce ciel, dans ces lointains, dans ces effets où un éclat de la lumière perçant les obscurités orageuses des nuages sillonne une bande dorée sur des terrains blafards.

395 Un Torrent, par le MÊME . . . . . . . . . . . . . 600

396 Un Paysage, par le MÊME . . . . . . . . . . . . 1,600

400 Clotilde et saint Remi réunissent leurs efforts pour convertir Clovis, par PIEPAPE . . . . . . . . 1,500

« La reine Clotilde, qui était d'origine gauloise et chrétienne, et qui avait su captiver son farouche époux, le pressait souvent d'embrasser sa religion. Cette action devait lui attacher les Gaulois qu'il avait

FR.

conquis. Elle le faisait instruire par l'évêque Remi, et déjà elle avait obtenu la permission de faire baptiser ses enfants ; mais Clovis hésitait toujours, retenu par la crainte de blesser les préjugés de son armée ; cependant il se rendit à leurs instances. »

( *Histoire de France.* )

H. 2 m. 25 c., l. 1 m. 25 c.

401 Adoration des bergers, par madame PARIS-PERSENET. 300

Copie réduite du tableau original de Ribeira.

H. 1 m., l. 80 c.

402 Saint François en prière, de RÉSUENO. . . . . . . 350

403 Le Paradis terrestre, par L. VEILQUEZ. . . . . . . 200

Paysage composé.

H. 32 c., l. 41 c.

405 Un Déjeuner d'artiste, par BISSON. . . . . . . . . 150

H. 27 c., l. 37 c.

406 Sarah la baigneuse, par CHINTREUIL. . . . . . . . 50

« Elle bat d'un pied timide
« L'onde humide
« Qui ride son clair tableau ;
« Du beau pied rougit l'albâtre ;
« La folâtre
« Rit de la fraîcheur de l'eau.

(V. HUGO, *Orientales.*)

H. 27 c., l. 21 c.

407 Une Source, paysage antique, par NANTEUIL. . . . 500

Appuyée sur la roche d'où jaillit sa fraîche et murmurante source, à quoi pense donc cette nymphe si mélancolique et si pure ? A voir son œil rêveur suivre ainsi l'onde fugitive jusqu'à l'endroit où elle se perd sous la verdure, ne dirait-on pas qu'elle cherche à deviner quel sera son cours ? Le joyeux ruisseau verra-t il les riantes vallées assises sur ses rives pour lui demander les riches moissons et les fleurs émaillées ? N'ira-t-il pas gémir dans un désert? Rêvez, rêvez sous votre ombrage solitaire, nymphe silencieuse, et puisse votre source couler ainsi longtemps sous un paisible gazon, invitant aux douces causeries d'amour ! puisse-t-elle enfin se perdre dans quelque vallon ignoré, et ne se mêler jamais aux ondes troubles d'un fleuve ni aux flots amers de l'Océan !

H. 72 c., l. 90 c.

FR.

408 Macbeth rencontrant les sorcières, paysage composé par FRANÇAIS. Figures par BARON. . . . . . 600

LES SORCIÈRES.

Vive Macbeth ! un jour il sera roi...

BANQUO.

Noble Macbeth, pourquoi vous troublez-vous ?

Cette scène du drame de Shakspere a inspiré à M. Louis Français le paysage que vous avez sous les yeux.

Vive Macbeth ! un jour il sera roi...

disent les sorcières, et elles se livrent à leurs diaboliques ébats. Autour d'elles, le sol est aride, les sapins séculaires sont dépouillés de branches, celles qui vivent encore sont hérissées et tremblantes, comme il arrive dans les grandes révolutions de la nature.

Le souffle de l'enfer a laissé partout, dans ces lieux, une empreinte fatale.

Plus loin, c'est la nature grandiose de la Calédonie ; c'est une armée qui revient après la victoire ; c'est un paysage héroïque.

Cette composition est noblement belle, pleine de style et de caractère. La lumière est habilement dispensée sur toutes les parties de la toile ; quand le premier regard du spectateur embrasse le tableau, et avant que l'esprit ait pu saisir et recueillir tous ces détails, le cœur est vivement impressionné, car l'aspect général indique et promet une scène imposante.

La nature de ce paysage est choisie avec un goût parfait, bon goût dont M. Français a donné de belles et nombreuses preuves dans des ouvrages estimés. La peinture est ferme, puissante et colorée ; elle porte en elle je ne sais quel souvenir des maîtres, qui imprime un cachet tout particulier et fait qu'elle donnera certainement dans l'avenir une haute idée de nos paysagistes modernes.

Les figures sont dues au pinceau de M. H. Baron. Elles ont un remarquable caractère d'originalité, et elles sont étudiées avec beaucoup d'esprit et de finesse.

H. 1 m. 30 c., l. 1 m. 95 c.

409 Les Sirènes, par **Menn**. . . . . . . . . . . . . . . . 1,500

Sur un rivage où la nature a prodigué tout ce qu'elle a de plus frais et de plus attrayant, trois jeunes filles marient aux accords de la flûte les suaves modulations de leurs voix enchanteresses; la plus belle, baignant ses pieds d'albâtre dans les flots qui semblent la caresser de leurs molles ondulations, joint même le geste aux paroles, et invite l'étranger à venir se reposer dans cette paisible baie. Sous ces formes séduisantes, sous ces accents mélodieux, qui devinerait la fausseté et la perfidie? sous cette luxuriante verdure, calme et voluptueuse, sous cette onde limpide, au transparent azur, qui pourrait voir les récifs funestes aux nochers? Fuis pourtant nautonier, fuis plus rapide que la brise qui t'apporte ces chants, plus rapide que le cygne qui se joue dans ces eaux; fuis, car une mort affreuse t'attend là où tu croyais trouver le plaisir qui rit sans cesse! Ainsi fait le sage Ulysse, enchaîné prudemment au pied de son mât, et sa nef disparaît aux yeux des sirènes surprises de voir pour la première fois un mortel se dérober à leurs funestes complaisances.

H. 1 m. 98 c., l. 2 m. 90 c.

410 Le Lac, paysage composé par E. **Loncle** . . . . . . 125

H. 28 c., l. 44 c.

411 Le Gladiateur romain, statue en plâtre, par **Breysse**. 1,500

Il pose triomphalement son pied sur le cou d'un lion qu'il vient d'abattre.

412 Érigone, par **Léger-Cherelle**. . . . . . . . . . 400

« Bacchus, pour la séduire, prend la forme d'une grappe vermeille... 3.

FR.

« Elle arrive, l'entrevoit, pousse un cri de joie et la cueille ; mais à peine les premiers grains ont-ils humecté ses lèvres, qu'une ivresse inconnue s'empare de ses sens. » (DESMOUSTIERS, *Lettres à Émilie.*)

H. 1 m. 12 c., l. 1 m. 46 c.

413 La jeune Fermière, par SCHOPIN . . . . . . . . . . 1,000

Dans un jardin, sous l'ombrage, une jolie fillette est assise à terre, auprès de la cabane où repose pendant le jour Turc, le vaillant et fidèle protecteur des fruits et des légumes de son maître, la terreur des maraudeurs du canton. L'enfant vient d'apporter à ce robuste ami l'écuelle quotidienne, et tandis que Turc fête sa pitance, Mariette apprivoise et caresse un charmant petit lapin d'une blancheur aussi pure que pouvaient les rêver les bergères de Florian. Mais voilà que tout à coup maître Turc, soit jalousie d'ami, soit souvenir d'instinct, s'est avisé de songer que le lapin était préférable à la pâtée; il s'élance donc... Heureusement Mariette veille sur son lapin favori, et tandis que d'une main elle contient le chien trop gastronome, de l'autre elle saisit par les oreilles et éloigne le pauvre Jean Lapin, qui, tout épouvanté, semble vouloir se fourrer sous terre. Enfin, pour que rien ne manque à ce joli sujet, Turc, en se livrant à son ardeur gourmande, a mis imprudemment la patte dans son écuelle, anéantissant ainsi, — juste punition de son affreux défaut, — l'espoir de son dîner. Rien de fin comme ce tableau, où les poses des trois personnages, qu'on nous permette ce mot, rivalisent entre elles de naturel et de grâce.

H. 34 c., l. 55 c.

FR.

414 Bataille de Mont-Thabor (16 avril 1799), par COGNIET (Léon) . . . . . . . . . . . . . . . . . 1,200

Depuis six heures, les 2,000 hommes de Kléber résistaient aux efforts opiniâtres de la cavalerie turque, dix fois plus nombreuse. A une heure, les munitions étaient presque épuisées, lorsque le canon de Bonaparte se fit entendre dans le lointain. Les deux carrés de Bonaparte et de Kléber réunis, et formant par leur position un vaste triangle, font tourbillonner les Turcs au milieu de la plaine et les écrasent.

On vit, pendant le combat, un chef mameluk franchir à cheval le carré de Kléber et tomber à quelques pas du général, qui essaya en vain de faire épargner la vie de ce brave.

La *Bataille de Mont-Thabor,* de M. L. Cogniet, est, comme toutes les œuvres que nous connaissons de lui, le résultat d'une pensée pleine d'élévation, d'un tact parfait et d'une science certaine. On ne peut lui faire le reproche qu'on adresse souvent aux batailles qui figurent à Versailles : ce n'est pas un épisode, c'est une mêlée générale, c'est topographiquement vrai, et cela a tout l'intérêt d'un tableau composé. Au fond on découvre le champ de bataille, le carré du général Bonaparte venant former son union avec celui de Kléber ; puis, sur le premier plan, l'action dramatique, l'attaque forcenée des cavaliers turcs, la défense héroïque des troupes de la République, et l'indication des principaux épisodes qui ont immortalisé cette journée, tant du côté de nos soldats que de celui de nos ennemis.

La *Bataille de Mont-Thabor* a tout le charme d'une belle esquisse, c'est-à-dire un entrain merveilleux, une composition remplie de finesse et de traits, tout cela avec les indications savantes et l'exécution spirituelle d'un homme qui possède à fond tous les secrets de la peinture et toutes les ressources d'un esprit incisif. Du reste, ce joli ouvrage a une qualité dont le simple énoncé compense tout ce qu'on en pourrait dire : il provoque infailliblement à la réflexion, et on trouve à le considérer des enseignements utiles. Que n'en peut-on dire autant de toutes

FR.

les illustres pages dont nos collections publiques sont remplies !

H. 49 c., l. 60 c.

415 La Vierge et l'enfant Jésus, par MENN . . . . . . . . 600

L'enfant-Dieu, à genoux près de sa mère, lui montre les instruments qui devront un jour servir à son supplice.

H. 1 m. 44 c., l. 1 m. 21 c.

417 Vue de Tournon (Ardèche), par RAVANAT. . . . . 600

H. 70 c., l. 1 m. 23 c.

418 Les Rois mages guidés par l'étoile miraculeuse (pastel), par TOURNEUX. . . . . . . . . . . . . 600

Ce grand pastel, dans certaines parties, révèle chez l'auteur des qualités sérieuses, et dont l'ensemble dénote un grand sentiment poétique de l'art. Guidés par l'étoile miraculeuse, les princes de l'Orient se sont mis en marche pour aller rendre hommage au roi des rois. Sur leur passage les peuples s'émeuvent et se mettent à leur suite : l'immense et fervente caravane poursuit ainsi son pèlerinage, s'augmentant sans cesse et appelant partout les incrédules à se joindre à elle. La conception du sujet, le mouvement et l'exécution de certains personnages font de ce tableau une œuvre remarquable.

H. 82 c., l. 2 m.

419 Le Braconnier, par GAUTIER . . . . . . . . . . . 100

Un paysan qui vient de tuer un lièvre dans une vigne se cache derrière un mur pour éviter le garde champêtre.

H. 31 c., l. 37 c.

420 Le Martyre de sainte Irène, par LÉGER-CHERELLE. . 700

Cette vierge ayant caché les livres saints contre les ordres de l'empereur Dioclétien, celui-ci la fit brûler après que des soldats l'eurent percée de flèches.

Ses deux sœurs moururent du même supplice.

H. 2. m. 16 c., l. 1 m. 61.

FR.

421 Fruits, par le MÊME . . . . . . . . . . . . . . . . . . 350

H. 95 c., l. 1 m. 29 c.

422 Fuite de Ben-Aïssa, lieutenant d'Achmet, gouverneur de Constantine, au moment où l'armée française pénètre dans la ville, par COURT. . .

Ben-Aïssa, après avoir défendu la ville de Constantine, craignant de tomber au pouvoir des Français, ou d'être victime des habitants, qui avaient beaucoup souffert pendant le siége, se sauva au moyen de cordes qui avaient été attachées d'avance par les assiégés. Les cordes étaient trop courtes; leur extrémité se balançait à cinquante pieds du fond du ravin. Beaucoup de fuyards avaient déjà péri dans la chute : Ben-Aïssa poussa devant lui tous ceux qui le précédaient encore et s'élança sur un lit de cadavres, où il resta quelques minutes comme étourdi par le choc. Il s'enfuit à Alger, où il obtint l'aman. Revêtu d'un commandement, il fit fabriquer de la fausse monnaie dans ses tribus. Condamné pour ce crime aux travaux forcés, il subit aujourd'hui sa peine dans la ville d'Arles, qui lui a été donnée pour prison.

H. 4 m. 86 c., l. 2 m. 70 c.

423 La Fuite en Égypte, par COLIN . . . . . . . . . . . 2,500

Un ange du Seigneur, bienfaisant et divin guide, conduit la famille sainte dans les détours du désert. Il trouve les frais ombrages perdus pour tout autre, et la source rafraîchissante, l'espoir des caravanes. Aussi, comme Marie la chaste mère est tranquille! comme Joseph est confiant et comme l'enfant est gai! Ils marchent dans la vie, heureux pèlerins, sous l'aile de Dieu, qui les protége. Cette peinture est finement touchée; elle a un caractère d'élégance qu'on retrouve toujours dans les ouvrages de cet artiste ingénieux et distingué.

H. 1 m. 47 c., l. 1 m. 80 c.

424 Scène de pêche, par le MÊME. Côtes de Dunkerque. 450

H. 37 c., l. 45 c.

FR.

425 Deux naturels (homme et femme) des îles Marquises, par le MÊME . . . . . . . . . . . . . . . . 1,000

H. 37 c., l. 70 c.

426 Un cadre contenant quatre paysages (*aquarelle*), par BOURGEOIS (Isidore). . . . . . . . . . . . . 80

H. 12 c., l. 23 c. chacune.

428 Chaumière dans la plaine de Bièvre (Dauphiné), par RAVANAT. . . . . . . . . . . . . . . . . . . . 200

H. 35 c., l. 55 c.

429 Vue de la vallée de Gallaure (Isère), par le MÊME. . 200

H. 35 c., l. 55 c.

430 Une Sultane, par mademoiselle de GLATIGNY. . . . 600

Mademoiselle de S***, née à la Martinique, quitta cette île en 1776. Le vaisseau qui la conduisait en France fut assailli par des pirates algériens. Mademoiselle de S*** devint la proie des vainqueurs, qui la destinèrent au sérail du Grand-Seigneur.

Au bout d'un certain temps, déclarée sultane favorite, elle devint mère d'un fils qui régna depuis en Turquie sous le nom de Mahmouth.

H. 65 c., l. 34.

431 Rêverie, par BOILLOT . . . . . . . . . . . . . . . 180

Tête d'étude.

H. 27 c., l. 35 c.

432 La Méditation du peintre, par le MÊME . . . . . . 130

Un jeune peintre, assis devant un chevalet, consulte un livre de gravures.

H. 27 c., l. 35 c.

433 Le Canard, par HENRI MONNIER. . . . . . . . . . 40

Sépia.

Un soldat rencontre au détour d'un chemin un canard qui barbote dans une mare; il s'apprête à l'occire.

H. 17 c., l. 16 c.

436 Le Chasseur allant à l'affût, par DECAMPS. . . . . 80

H. 24 c., l. 17 c.

FR

437 Distraction, par GRANDVILLE. . . . . . . . . . . 40

Dessin à la plume.

Un garçon marchand de vin, sur le pas de sa porte, regarde dans la rue.

H. 15 c., l. 11 c.

438 Un paysage, nymphe endormie, dessin par GASPARD LACROIX . . . . . . . . . . . . . . . . . . . 100

H. 70 c., l. 54 c.

440 Un Chien à la chasse, par M. GAUTIER. . . . . . 200

H. 54 c., l. 64 c.

441 Deux croquis à l'eau forte, par Jules DUVAUX, chaque épreuve. . . . . . . . . . . . . . . . . . 1

442 Un Moine d'après ZURBARAN, *aquarelle* du MÊME. . 40

H. 32 c., l. 24 c.

443 Bretons jouant auprès d'une fontaine, par L. MATOUT. 600

H. 89 c., l. 1,13 c.

444 La Chute des feuilles, par CHINTREUIL . . . . . . 80

Un pauvre poitrinaire assis sur une terrasse et entouré d'une famille désolée, qui le voit s'éteindre et s'en aller avec les derniers vestiges des saisons heureuses.

H. 32 c., l. 43 c.

445 Une jeune fille, assise sur le bord d'une croisée, effeuille une rose, étude par mademoiselle DE BARESCUT. . . . . . . . . . . . . . . . . . . 400

H. 115 c., l. 88 c.

446 Un Chemin creux en Dauphiné, par J. ACHARD. . . 300

Entre deux collines serpente un petit chemin au sol jaunâtre et pierreux dans lequel s'enfonce résolument un brave paysan. Au sommet de chacun des monticules s'élèvent quelques chênes rabougris, vestiges colorés et chauds de la végétation méridionale. Ce paysage est peint d'une façon très-remarquable; M. Achard sait trouver sur sa palette des demi-tons pleins de finesse qui donnent à ses

FR.

terrains une grande vérité, et à l'ensemble de son tableau une douce et ravissante harmonie.

T., H. 55 c., l. 44 c.

448 Vue prise à Civita-Castellana, par C. SAGLIO. . . . 250

H. 46 c., l. 36 c.

449 La Vierge et l'enfant Jésus; *pastel*, par mademoiselle VALLET DE VILLENEUVE. . . . . . . . . 250

H. 54 c., l. 45 c.

451 La jeune Fille et la Tourterelle (*miniature*), par MOLLER, d'après Beaume . . . . . . . . . . . 120

455 Raphaël et la Fornarina, par DEVÉRIA (Achille) (*pastel*). . . . . . . . . . . . . . . . . . 250

H. 48 c., l. 37 c.

456 Une Vue de Venise, par DESBARROLLES, étude peinte d'après nature. . . . . . . . . . . . . . . . . 300

H. 53 c., l. 41 c.

458 Vue des terres Louis-Philippe et Joinville, découvertes en janvier 1838 par le contre-amiral Dumont d'Urville, par LE BRETON (Louis), dessinateur de l'expédition de *l'Astrolabe*. . . . . 250

H. 94 c., l. 37 c.

459 Séjour forcé des corvettes *l'Astrolabe* et *la Zélée* dans les glaces de l'Océan Austral, par L. LE BRETON. . . . . . . . . . . . . . . . . . 450

H. 1 m. 28 c., l. 2 m. 23 c.

460 Saint Georges combattant, par DEVÉRIA (Achille). . 250

T., h. 37 c., l. 45 c.

FR.

461 Les Adeptes (*pastel*), par MARÉCHAL, de Metz. . . 1800

Vous avez souvent admiré les beaux et nobles pastels qu'il a envoyés plusieurs fois au salon du Louvre. Vous avez remarqué la grâce divine qu'il sait répandre dans ces douces figures pleines d'élévation. Ces adeptes ont tout le charme des premières peintures de M. Maréchal ; vous y trouvez le même sentiment du beau, la même pensée puissante et profonde. Deux hommes, l'un au déclin de la vie, l'autre sortant à peine des années de l'adolescence, discutent vivement les intérêts de la religion et de l'humanité. Adeptes des sciences sociales, ils examinent les dogmes d'une réforme nécessaire : le jeune homme, impatient, impétueux, voudrait persuader le vieillard ; celui-ci va se rendre, mais il réfléchit encore. Il connaît les hommes, son expérience le guide, les moyens d'exécution qu'on lui propose l'effraient et le retiennent. — Une épée jetée nue aux pieds de son jeune compagnon ne prédit que trop la violence et la guerre civile. Cela est réellement beau ; c'est vraiment une pensée traduite par la peinture. M. Maréchal aurait pu faire un livre, — il a fait un tableau.

H. 90 c., l. 1 m. 45 c.

462 Une Scène de la vie privée en Bretagne (*aquarelle*), par C. ROQUEPLAN . . . . . . . . . . . . . . 100

463 Une Vue de Lorraine (*aquarelle*), par FLERS . . . 70

FR.

464 Portrait de l'Empereur à cheval (*aquarelle*), par CHARLET . . . . . . . . . . . . . . . . . . . 90

465 La Fête des jardiniers, par DE VAROQUIER. . . . . 50

T., h. 20 c., l. 52 c.

466 Un Moine en méditation (*étude*), par LACAZE-D'AMMAN . . . . . . . . . . . . . . . . . . 500

Un moine, un saint homme vraiment, austère et vénérable, à la barbe longue et ondoyante, tient à la main une tête de mort; il la regarde d'un air méditatif. — Frère, il faut mourir! poussière tu fus et poussière tu seras! Vanitas vanitatum et omnia vanitas!

Telles sont à peu près les pensées riantes qui voltigent pour le moment dans le crâne découvert du vieux chartreux ou du vieux trappiste. Chaque profession a ses formules pour exprimer les mêmes idées. Un grognard de la garde dirait : « Il faut un jour ou l'autre casser sa pipe! » Un cavalier ou un fossoyeur : « Au bout du fossé la culbute. » Tout cela est également profond, philosophique et triste.

T., h. 72 c., l. 90 c.

469 Le Testament, par Jules BOILLY. . . . . . . . . . . 300

T., h. 24 c., l. 32 c.

470 Don Quichotte et Sancho Pança (*paysage*), par BUISSON. . . . . . . . . . . . . . . . . . 200

T., h. 53 c., l. 65 c.

471 Les Disciples d'Emmaüs (*pastel*), par TOURNEUX. . 400

H. 87 c., l. 1 m. 15 c.

FR.

472 Fenella, par Aug. CHARPENTIER. . . . . . . . . . . 650
T., h. 99 c., l. 80 c.

473 La Juive, par le MÊME. . . . . . . . . . . . . . . 650
T., h. 99 c., l. 80 c.

474 Le Chien blessé, par GUÉ. . . . . . . . . . . . . 250
T., h. 25 c., l. 32 c.

475 Le Bain du chien, par le MÊME. . . . . . . . . . . 250
Ces deux tableaux forment *pendants*.

476 La Sieste, par TONY JOHANNOT. . . . . . . . . . . 100

Le ciel est chaud, la mer est belle, les zéphyrs du rivage recueillent en se jouant les plus doux parfums des fleurs d'Orient, et ils les soulèvent dans leur haleine. Leur souffle embaumé rafraîchit l'atmosphère et apporte aux deux brunes filles de la Grèce les songes d'amour et les tendres pensées qui sourient à la jeunesse.

M. Johannot a peint les filles de Lesbos, et les souvenirs de l'art grec sont venus se mêler à ses inspirations pour les modifier. Il a cherché le style sévère et les poses majestueuses des figures de l'antiquité, sans priver pour cela sa composition du charme, de la grâce et de la coquetterie inséparables de tous ses ouvrages.

T., h. 47 c., l. 66 c.

477 Un Intérieur, par BOUHOT, figures par J. BOILLY . . 150
T., h. 25 c., l. 21 c.

FR.

478 Cuirassiers dans un marais, par DEVILLY (*aquarelle*). 200

H. 25 c., l. 55 c.

479 Le jeune Pâtre, par Aug. CHARPENTIER. . . . . . . 500

*Le Jeune Pâtre,* de M. Aug. Charpentier, penche sa tête sur ses mains, et laisse son esprit errer dans les espaces. Oh ! là-bas, là-bas, derrière la montagne, qu'il n'a jamais dépassée, là-bas est la ville bruyante et populeuse, la ville dont on lui a conté tant de merveilles le soir, à la veillée. Et puis, n'est-ce pas de la ville que venaient toutes les richesses arrivées au château voisin, et qui l'ont tant étonné? N'a-t-elle pas dirigé sa marche vers la ville, la candide enfant appendue au bras de son père, celle-là même qui flatta l'autre jour, en se promenant, son chien fidèle et sa chèvre favorite ; celle-là dont le regard était si doux qu'il lui apparaît la nuit en rêve, et si long qu'il n'est pas encore sorti de son cœur ? Laissons-le donc interroger l'espace et l'avenir ; peut-être y trouvera-t-il un jour le secret de Giotto ou celui d'Henri Mondeux.

T., h. 92 c., l. 75 c.

FR.

480 Eudes, comte de Paris, au siége de Paris (an 486), par COUDER (Alexandre). . . . . . . . . . . . . . 600

Eudes, dont aucune fatigue ne lassait la constance, dont nul péril n'ébranlait le courage, sort, traverse avec autant de bonheur que d'audace les quartiers de l'ennemi, vole près de l'empereur, l'avertit de l'imminent danger auquel sa lâche inaction livre la capitale, et revient annoncer les secours que Charles lui a promis.

Mais à son retour, il trouve une nombreuse armée normande qui s'oppose à son passage. Cependant les Parisiens, instruits par des signaux de l'approche de leur général, font, sous les ordres de l'abbé Elbe, une vigoureuse sortie ; à la faveur de ce tumulte, Eudes, poussant à toute bride son coursier, aussi intrépide que lui-même est téméraire, traverse le camp barbare, se fraie ainsi dans l'avenir un brillant chemin au trône, et entre dans les murs de Paris, qui croit voir reparaître avec lui la fortune et la victoire.

(Comte de SÉGUR.)

481 Un Repas antique, par Gabriel LAVIRON. . . . . .

T., h. 72 c., l. 91 c.

Décoration romaine prise à Pompeï.

482 Pêcheurs de la Méditerranée, par Louis MEYER. . . 400

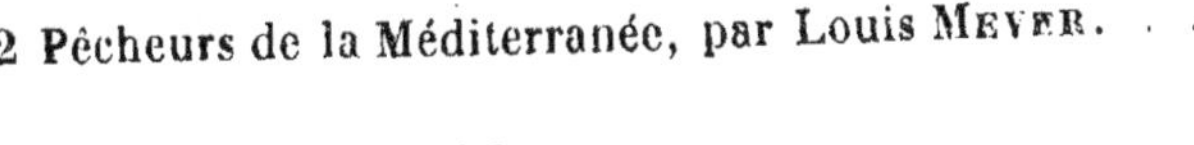

T., h. 42 c., l. 64 c.

483 Bouquet de Géranium, par CHIRAT. . . . . . 250

T., h. 44 c., l. 36 c.

| | | FR. |
|---|---|---|
| 487 | Le Tasse en prison, par Eugène DELACROIX . . . . | 400 |

T., h. 59 c., l. 48 c.

Les fous enfermés avec lui viennent l'insulter.

| | | |
|---|---|---|
| 488 | Environs de Southampton, par J. DUPRÉ. . . . . <br>T., h. 1 m. 15 c., l. 1 m. 82 c. | 1200 |
| 489 | Charlotte Corday, par SCHEFFER (Henri). . . . . . | 8000 |
| 490 | Suzanne au bain, par F. BOISSARD. . . . . . . . . <br>T., h. 78 c., l. 66 c. | 550 |
| 491 | Une Vue d'Auvergne, par LESSIEUX. . . . . . . . <br>T., h. 47 c., l. 64 c. | 200 |
| 492 | Campagne de Rome, par DUSTON . . . . . . . . . . <br>T., h. 98 c., l. 1 m. 35 c. | 300 |
| 493 | Site de Papigno (Italie), par le MÊME. . . . . . . <br>T., h. 55 c., l. 91 c. | 400 |
| 494 | Sainte Cécile, par FERRET . . . . . . . . . . . . <br>T., h. 1 m. 61 c., l. 1 m. 28 c. | 250 |
| 495 | Un Brouillard, par WACHSMUTH. . . . . . . . . . . . <br>T., h. 37 c., l. 45 c. | 180 |
| 496 | Clair de lune, par le MÊME. . . . . . . . . . . . <br>T., h. 48 c., l. 59 c. | 300 |

FR

497 Le jeune Italien, étude au *pastel*, par TOURNEUX. . 250
H. 70 c., l. 57 c.

498 Un Brick dans la brume, par H. DURAND-BRAGER. . 90
T., h. 32 c., l. 48 c.

499 Moissonneurs de la campagne de Rome, par Jules BOILLY . . . . . . . . . . . . . . . . . . . . . . 160
T., h. 23 c., l. 31 c.

500 Ascension de la Madeleine, par le MÊME. . . . . . . 200
Tableau peint sur fond d'or.
T., h. 32 c., l. 25 c.

501 Le Berger et les petits Poissons, par H. LABORDE. . 130
T., h. 51 c., l. 23 c.

502 Enfants turcs, par DIAZ. . . . . . . . . . . . . . 90
T., h. 21 c., l. 16 c.

503 L'Attente, par le MÊME . . . . . . . . . . . . . . 90
T., h. 21 c., l. 16 c.

504 Les petits Mariniers, sujet oriental, par le MÊME . . 90
T., h. 21 c., l. 16 c.

505 Environs de Sierk, Moselle (*pastel*), par MARÉCHAL, de Metz. . . . . . . . . . . . . . . . . . . . . 290
H. 32 c., l. 54 c.

506 Jeune Bohémien, étude au *pastel*, par le MÊME. . . 35

H. 36 c., l. 30 c.

FR.

507 La Retraite, cavaliers italiens au Moyen-Age (*aquarelle*), par Théodore DEVILLY, de Metz. . . . 450

H. 31 c., l. 41 c.

508 Une Soirée chez le duc d'Orléans (*aquarelle*), par Eug. LAMI. . . . . . . . . . . . . . . . . . . 450

H. 15 c., l. 27 c.

509 Les deux Rivaux, scène du grand monde (*aquarelle*), par le MÊME. . . . . . . . . . . . . 450

H. 47 c., l. 30 c.

510 Une Voiture de masques (*aquarelle*), par le MÊME. . 450

H. 47 c., l. 25 c.

512 Le Chien savant, par CHARLET. . . . . . . . . . 150

Dessin aux trois crayons.

H. 26 c., l. 22 c.

513 La jeune Mère (*aquarelle*), par DEBACQ. . . . . . 40

H. 24 c., l. 46 c.

514 Les Prophéties d'une Marguerite (*aquarelle*), par BEAUME. . . . . . . . . . . . . . . . . . . . 140

« La symbolique feuille au vent tourne en spirale,
« Voltige autour de moi, s'enfuit et monte au ciel.
« Mon bonheur suivra-t-il le capricieux pétale
« Dans sa course rapide au voyage éternel?...
« Marguerite,
« Si petite ;

FR.

« Fleur des champs,
« Des amants;
« Marguerite,
« Parle vite,
« Car mon cœur
« Bat de peur. »

H. 24 c., l. 17 c.

515 Nicette la villageoise (*aquarelle*), par le **Même**. . . 140
H. 25 c., l. 17 c.

516 Une Église de village (*aquarelle*), par **Soulès**.. . . 175
H. 16 c., l. 22 c.

517 La Bonne et le Soldat, promenade à la Ménagerie (*pastel*), par Jules **Boilly**.. . . . . . . . . . 60
H. 24 c., l. 17 c.

518 Un Guérillero (*aquarelle*), par L. **Canon** . . . . . 50
H. 22 c., l, 15 c.

519 Le Sous-Chef, scène de bureau (*aquarelle*), par Henry **Monnier**.. . . . . . . . . . . . . . . . 80
H. 17 c., l. 12 c.

520 La Descente, par A. **Dedreux**. . . . . . . . . . . 100
Dessin à la mine de plomb.
H. 24 c., l. 33 c.

521 Le Repos des Chasseurs, par le **Même**.. . . . . . . 100
Dessin à la mine de plomb.
H. 24 c., l. 33 c.

522 Une Marine, par H. **Durand-Brager**.. . . . . . 40
Dessin à la mine de plomb.
H. 23 c., l. 37 c.

523 Une Marine, par le **Même**. . . . . . . . . . . . 40
Dessin à la mine de plomb.
H. 23 c., l. 37 c.

524 La Toilette, par **Pujos**.. . . . . . . . . . . . . 75
Dessin à la pierre noire sur papier bleu.
H. 43 c., l. 32 c.

FR.

525 Paysage historique, par De La Rive. . . . . . . . . 200
T., h. 82 c., l. 1 m. 32 c.

526 Portraits du duc de Vendôme, de sa femme et de son fils, par Mignard. . . . . . . . . . . . . . . 500
T., h. 88 c., l. 1 m. 12 c.

527 Une Mansarde, par Mallet.. . . . . . . . . . . . 250
T., h. 23 c., l. 18 c.

528 Buste de mademoiselle de la Vallière, *marbre*, par Coustou.. . . . . . . . . . . . . . . . . . . 350

529 Un jeune Pâtre, statuette, par Clagmann. Deux épreuves. Chaque.. . . . . . . . . . . . . . . 25

530 Un Lion, modèle en *plâtre*, par Canova.. . . . . 250
Ce lion est moulé sur un des lions de l'église Saint-Pierre de Rome.
2 m. 13 c. de long.

531 Tête de lion, *plâtre*, par le Même.. . . . . . . . . 150
Cette tête est un fragment du pendant du lion précédent.

532 La Force asservie par l'Amour, allégorie, par Tiolier. 150
Modèle en plâtre du marbre qui se trouve à Compiègne.

533 La Naissance de Louis XVII, biscuit . . . . . . . . . 200

534 Paysage composé (Italie, par Lessieux.. . . . . .
H. 1 m. 16 c., l. 1 m. 74 c.

535 Le grand Dauphin, fils de Louis XIV (d'après Mignard), par mademoiselle de Barescut.. . . . 150
H. 54 c., l. 45 c.

536 Une Danaé de l'école italienne (*peinture sur bois*) .
H. 10 c., l. 16 c.

537 La Lecture, par mademoiselle Laure Forestier. . . 250
H. 35 c., l. 27 c.

FR.

538 L'Attente, par la **Même**. . . . . . . . . . . . . . . . 250
H. 35 c., l. 27 c.

539 Bords de Rivière (*pastel*), par M. **Bouquet**. . . . 75
H. 24 c., l. 35 c.

540 Souvenirs de la Grèce (*pastel*), par le **Même** . . . 75
H. 28 c., l. 42 c.

541 Françoise de Rimini, par **Colin**. . . . . . . . .
H. 4 m. 50 c., l. 6 m.

Dante, conduit par Virgile, descend dans tous les cercles de l'Enfer. Ils sont arrivés dans celui des pécheurs charnels.

« Je parvins dans un lieu *muet de toute lumière,* qui mugit comme la mer dans la tempête, quand elle est battue par les vents contraires. L'ouragan infernal, qui ne s'arrête jamais, entraîne les esprits dans son tourbillon, et les tourmente en les roulant et en les entre-choquant...

« De çà, de là, en haut, en bas, le vent les ballotte : nul espoir de trêve ou d'adoucissement dans leur peine ne vient les consoler... »

Dante souhaite entretenir *ces deux ombres qui vont ensemble et paraissent si légères au vent.*

Les deux amants accourent à son appel : Françoise de Rimini lui raconte sa tragique histoire :

« Tandis qu'un des esprits parlait ainsi, l'autre pleurait si fort, que je défaillis de pitié, comme si je mourais, et je tombai comme tombe un corps mort. »

Mentre che l'uno spirito questo disse,
L'altro plangera si che di pictade
Io venni men cosi com'io morisse,
E caddi come corpo morto cade.

*La divine Comédie*, **Dante**, *Enfer*, chant v.

542 Un Boléro, par le **Même** . . . . . . . . . . . . . . 450
H. 48 c., l. 58 c.

543 La Place du Peuple, à Rome, par H. **Lejeune**. . . . 400
Sur la fin du jour, des paysans sont groupés sur les marches de l'obélisque qui orne cette place.
H. 81 c., l. 1 m. 50 c.

FR.

544 Convoi funèbre d'un jeune enfant à Venise, par H. LEJEUNE. . . . . . . . . . . . . . . . . . . 400
H. 55 c., l. 99 c.

545 Le Sabbat de Faust, par Jules BOILLY. . . . . . . . . 300
H. 44 c., l. 65 c.

546 Don Juan et la statue du Commandeur (*aquarelle gouachée*), par le MÊME. . . . . . . . . . . . 100
H. 15 c., l. 20 c.

547 Vue des Falaises de Dieppe (*aquarelle*), par ROCQUEMONT. . . . . . . . . . . . . . . . . . . . 35
H. 15 c., l. 26 c.

548 La Chaumière au bord du lac (*aquarelle*), par LEMERCIER. . . . . . . . . . . . . . . . . . . . 30
H. 16 c., l. 23 c.

549 Vue de Fécamp (*aquarelle*), par CHAMELET. . . . 30
H. 17 c., l. 20 c.

550 Bateau à vapeur en mer (*aquarelle*), par PERROT. . 40
H. 15 c., l. 23 c.

551 Une Rue de Louviers (*aquarelle*), par VILLERET. . . 30
H. 18 c., l. 13 c.

552 Le Soir (*aquarelle*), par BRUNE. . . . . . . . . . 150
H. 57 c., l. 86 c.

553 Charge de hussards dans les Pyrénées, campagne de l'Empire (*aquarelle*), par le MÊME. . . . . . . 150
H. 57 c., l. 86 c.

554 L'Opération douloureuse (*dessin à la plume*), de WILLE (1816). . . . . . . . . . . . . . . . . 40
H. 27 c., l. 35 c.

555 Ruines romaines composées (*lavis colorié*), par Hubert ROBERT. . . . . . . . . . . . . . . . 80
H. 38 c., l. 28 c.

FR.

556 La Fontaine du Sphinx (*lavis colorié*), par le MÊME. 80
H. 38 c., l. 28 c.

557 Vue de Naples, prise de la mer, par CAZABON. . . . 150
H. 39 c., l 58 c.

558 Une plage dans les environs de Naples, par le MÊME. 100
H. 31 c., l. 45 c.

559 Vue prise aux environs d'Alger, par le MÊME. . . . 60
H. 28 c., l. 36 c.

560 Une Chasse aux lions (copie d'après Rubens) . . . . 500
H. 1 m. 85 c., l. 2 m. 98 c.

561 Un Flamand à sa fenêtre. Scène de nuit. . . . . .

Il regarde ce qui se passe dans la rue en tenant une chandelle, et, de l'autre main, il renvoie la lumière sur l'objet qui attire son attention.

Ce tableau est un original peint sur bois.

*Signé* SCHALKEN, 1680 . . . . . . . . . . . . 200
H. 27 c., l. 19 c.

562 La bonne Aventure, par PENGUILLY-L'HARIDON. . . 50
Dessin à la mine de plomb.
H. 23 c., l. 30 c.

563 Une Vue dans les Vosges (*aquarelle*), par GODEFROY. 35
H. 18 c., l. 22 c.

564 Un Brick, effet de soleil, par DURAND-BRAGER . . . 90
H. 33 c., l. 49 c.

565 Combat près des bords de l'Oued-jer (Afrique, 27 avril 1840), par PHILIPPOTEAUX. . . . . . . . 1200
T., h. 60 c., l. 98 c.

Après trois jours de marche dans la Mitidja, on découvrit la cavalerie arabe, forte d'environ huit mille hommes, rangée en demi-cercle sur les bords de l'Oued-jer. Une vive fusillade s'engagea bientôt. S. A. R. le duc d'Aumale, envoyé par le prince royal pour porter au régiment des chasseurs d'Afrique

5

l'ordre de charger, se met à leur tête et charge avec eux. L'ennemi, coupé et refoulé, repasse en désordre l'Oued-jer, pendant que les spahis incendient les huttes et les gourbis.

566 Étude de femme nue, par PAPETY. . . . . . . . . .
T., h. 1 m. 47 c., l. 1 m. 96 c.

567 La Suppliante, par Fragonard (Théophile). . . . . 300
T., h. 40 c., l. 32 c.

Le gouverneur d'une ville forte qui tenait pour Charles le Téméraire devint amoureux de la femme d'un riche marchand. Il chercha à la corrompre par tous les moyens possibles; mais voyant qu'il n'en pouvait venir à bout, il fit arrêter le mari, qu'il accusa d'intelligences secrètes avec les ennemis, et sous ce prétexte fit confisquer ses biens et le fit condamner à mort. La femme du marchand vint demander sa grâce au gouverneur, et elle fut alors obligée de se soumettre à toutes les conditions qu'il plut à celui-ci de lui imposer, et d'accepter même le déshonneur. En récompense, on lui promit de lui rendre son mari le lendemain matin; mais elle ne reçut que son cadavre. La malheureuse veuve trouva moyen de faire parvenir ses plaintes au duc de Bourgogne, qui fit appeler le gouverneur, et lui dit : « Vous avez ruiné cette femme dans son honneur et dans sa fortune, et vous l'avez privée d'un époux. Comme il lui faut une réparation complète, vous allez lui assurer l'héritage de tous vos biens et l'épouser. » Puis, la cérémonie terminée, il ajouta : « Maintenant je vais mettre madame à même de profiter des dispositions que vous avez faites en sa faveur. » Il le fit mettre à mort.

568 Un moine en extase, par mademoiselle Anaïs CHIRAT. 250
T., h. 13 c., l. 10 c.

569 Un ministre anglican, attribué à GÉRARD DOW. . . 200
T., h. 17 c., l. 12 c.

570 Deux Roses dans un vase (*aquarelle*), par Julie HERZOG. . . . . . . . . . . . . . . . . . . . 120
T., h. 64 c., l. 51 c.

FR.

571 Halte de lansquenets, par **Bauderon**. . . . . . . . 550
T., h. 54 c., l. 80 c.

572 Nymphes se reposant de la chasse, par **Roisseau**. . 600
T., h. 64 c., l. 81 c.

573 La Marguerite, par le **Même**.. . . . . . . . . . . . 150
T., h. 40 c., l. 32 c.

574 Une petite fille d'Ève, par **Bourdet**. . . . . . . . 400
T., h. 63 c., l. 80 c.

575 La Chaîne d'infidélité, par le **Même**. . . . . . . . 150
Costumes du temps de Louis XV.
T., h. 35 c., l. 45 c.

576 Le Petit Savoyard, par le **Même**. . . . . . . . . . 30
T., h. 21 c., l. 15 c.

577 Les Jeux de l'Amour, attribué à **Van Ballen**. . . .
T., h. 97 c., l. 1 m. 43 c.

577 Une Vallée près de Metz (*aquarelle*), par **Pelletier** (Laurent). . . . . . . . . . . . . . . . . . . . 130
H. 39 c., l. 48 c.

579 Castel sur la Moselle (*aquarelle*), par le **Même**. . . 180
H. 42 c., l. 30 c.

580 Jeanne Ire, comtesse de Provence, répétant sa romance contre le mariage, composée à l'occasion de la cour d'amour en 1344, où elle l'emporte sur sa rivale, la dame de Marchebruse, par **Devilliers**. . . . . . . . . . . . . . . . . . . . . 1000
T., h. 1 m. 30 c., l. 1 m. 94 c.

581 Vue prise sur le terre-plein du Pont-Neuf, effet de crépuscule, par **Provost-Dumarchais**. . . . .
T., h. 37 c., l. 47 c.

582 Vue de l'avenue de Saint-Cloud, bords de la Seine, par le **Même**. . . . . . . . . . . . . . . . . .
T., h. 46 c., l. 67 c.

FR.

583 Vue de la plage de Saint-Malo (*aquarelle*), par DE TOURNEMINE. . . . . . . . . . . . . . . . . 50

Des enfants de pêcheurs prennent leur repas contre une barque échouée.

H. 15 c., l. 22 c.

584 Vue intérieure du château d'Arques, par CAZABON. 60

T., h. 32 c., l. 40 c.

585 Vue du château de Dieppe, par le MÊME. . . . . . 60

T., h. 32 c., l. 40 c.

586 Les Deux Sœurs, par ALOPHE. . . . . . . . . . . 300

T., h. 24 c., l. 19 c

587 Souvenirs des Pyrénées. Retour de la moisson, par le MÊME. . . . . . . . . . . . . . . . . . . 320

T., h. 46 c., l. 69 c., forme ovale.

588 Le bon Pasteur (*aquarelle*), par le MÊME. . . . . 80

H. 19 c., l. 14 c.

589 Vue du pont de Sichal à Thiers, par DUMAX. . . . 120

T., h. 46 c., l. 56 c.

590 Un instant de regret au monde, par DESBARROLLES. . 700

T., h. 1, 45 c., l. 2, 25 c.

591 Diana Vernon à la chasse, par AMIEL (Louis). . . . 150

592 Franck Osbaldiston, par le MÊME. . . . . . . . . 150

Ces deux tableaux forment *pendants*.

T., h. 32 c., l. 40 c.

Charlemagne et Hildegarde, par Schopin . . . . . 500

T., h. 49 c., l. 60 c.

« Cherchant toutes les occasions de se rapprocher de la belle Hildegarde, Charlemagne convia les grands du royaume, ainsi que Winnemer, prince suève, père de la princesse, pour une chasse au taureau sauvage. Après le signal du départ, le roi parvint à s'isoler de la troupe et à se trouver seul avec la jeune princesse ; il lui déclarait son amour quand un monstrueux auroch leur barre le passage. « Fuyez, Hildegarde, s'écrie Charlemagne, rangez-vous dans le taillis; pendant ce temps-là je vais occuper la bête. » Et, se retournant vers elle, il la vit calme, s'affermissant sur sa monture et disposant ses javelots. Alors, s'électrisant à l'idée d'emporter l'estime de cette héroïque jeune fille, il lança son cheval contre l'auroch, lui asséna un vigoureux coup de sa lourde épée ; le taureau, dangereusement blessé, se jette tête baissée sur le cheval, dont une de ses cornes ouvre le flanc, tandis que l'autre déchire les jambes du roi. C'en était fait du royal chasseur, quand Hildegarde, fondant comme la foudre sur l'animal féroce, lui perce la gorge et l'abat. « Merci, mon ange gardien, dit Charles en tendant la main à la jeune princesse : dès aujourd'hui tu es la reine. »

(CHRONIQUE.)

594 Androclès et le lion, par **MEYNIER**. . . . . . . . . 400

T., h. 2, 49 c., l. 1, 99 c.

595 Milon de Crotone, par le même. . . . . . . . . . 400

T., h. 2, 49 c., l. 1, 99 c.

596 Suzanne au bain, par **SKODA**. . . . . . . . . . . . 500

T., h. 1, 29 c., l. 96 c.

597 Paysage composé. Effet d'automne, par Mlle **DEVOSGE**. . . . . . . . . . . . . . . . . . . . 120

T., h. 39 c., l. 56 c.

598 La tour de Nesle, par **DEBACQ**. . . . . . . . . . . 250

T., h. 97 c., l. 56 c.

Des pêcheurs trouvent un cadavre au pied de cette tour.

FR.

599 Le château Gaillard, par le MÊME. . . . . . . . . . 250

T., h. 97 c., l. 56 c.

Marguerite de Bourgogne et Blanche, sa sœur, convaincues d'adultère, sont conduites au château Gaillard, forteresse de Normandie.

Ces deux tableaux forment pendants.

600 Une Vue dans la forêt de Fontainebleau, par Jules DUPRÉ. . . . . . . . . . . . . . . . . . . 800

T., h. 99 c., l. 80 c.

601 Un Portrait, par RAPHAEL.. . . . . . . . . . . . . 3000

T., h. 59 c., l. 52 c.

602 Un Chemin, par BLANCHARD. . . . . . . . . . . . 300

T., h. 1 m., l. 80 c.

603 Mathilde et Malek-Adel.. . . . . . . . . . . . . .

T., h. 75 c., l. 1,02 c.

604 Marguerite d'Anjou et les Brigands.. . . . . . . . . 30

T., h. 23 c., l. 31 c.

605 Henri IV arrêté dans la forêt de Sénard. . . . . . . 30

T., h. 23 c., l. 31 c.

606 Départ pour le Marché, par Van BLOOMEN. . . . . 1200

T., h. 66 c., l. 80 c.

607 La Tentation, par SCHALKEN.. . . . . . . . . . . . 600

T., h. 42 c., l. 31 c.

608 Première Impression de la mort sur l'homme, par ÉTEX (Jules). . . . . . . . . . . . . . . .

T., h. 1, 85 c., l. 2,25 c.

Adam et Ève, chassés du Paradis Terrestre, trouvent une colombe qu'un vautour vient de tuer.

609 Diane au bain, par TEYTAUD. Paysage composé. . .

T., h. 1,96 c., l. 2,94 c.

610 Un Paysage, par BOYER. . . . . . . . . . . . . . 150

T., h. 78 c., l. 54 c.

FR.

611 Silène, par **Corot**. Tiré d'une églogue de Virgile. . .
T., h. 2,47, l. 1,82.

612 Le Verger, par le **Même**. . . . . . . . . . . . . . . 1200
T., h. 1,36 c., l. 1,10 c.

613 Halte de Bohémiens, par **Boulanger** (Louis). . . . 300
T., h. 40 c., l. 32 c.

614 Une source, par le **Même**. . . . . . . . . . . . . . 300
T., h. 32 c., l. 24 c.

615 La Pauvre famille, par le **Même**. . . . . . . . . . 300
T., h. 45 c., l. 38 c.

616 La Lecture, par le **Même**. . . . . . . . . . . . . 300
T., h. 34 c., l. 26 c.

617 Un Pâtre, par le **Même**. . . . . . . . . . . . . . 300
T., h. 34 c., l. 26 c.

618 Le Fil de la Vierge, par **Quantin**.. . . . . . . . . .
T., h. 2,47 c., l. 1,82 c.

619 Henri IV (Roi de Navarre) à la cour de Catherine de Médicis, par madame **Brune**, née **Pagès**. . . .

Catherine de Médicis fait tirer l'horoscope du jeune roi de Navarre, tandis que les plus belles filles de sa cour le servent à l'envi l'une de l'autre, et s'efforcent, par ordre de la reine, de détourner son esprit de toutes les choses sérieuses.
T., h. 1, 59 c., l. 1, 72 c.

620 Le Petit Poucet dans la maison de l'Ogre, par la **Même**. . . . . . . . . . . . . . . . . . . . .
T., h. 59 c., l. 72 c.

621 Le Racolleur, par **Debacq**. . . . . . . . . . . . . .
T., h. 32 c., l. 40 c.

622 Le Peintre et la Bergère, par le **Même**. . . . . . .
T., h. 32 c., l. 40 c.

FR.

623 Camoëns dans la prison de Goa, par L. MOREAUX. . 600

Camoëns, accusé faussement, fut jeté en prison par ordre du comte de Redondo, gouverneur des Indes. C'est là qu'il composa son célèbre poëme des *Lusiades*.

T., h. 99 c., l. 80 c.

624 Les Piférari à Rome, par LOBIN. . . . . . . . . . .

T., h. 98 c., l. 75 c.

625 Daphnis et Chloé, par FRANCHET. . . . . . . . . . .

T., h. 99 c., l. 80 c.

626 Amazone espagnole au dix-septième siècle, aquarelle, par TEORT. . . . . . . . . . . . . . . 50

H. 34 c., l. 27 c.

627 Vue de l'ancien château de Chevreuse (Seine-et-Oise), par mademoiselle de COLLEVILLE. . . . 80

T., h. 45 c., l. 62 c.

628 Vue prise aux environs de Chevreuse sur les bords de l'Ivette, par la MÊME. . . . . . . . . . . 80

T., h. 45 c., l. 62 c.

629 Aymable de Malard, aquarelle d'après un Manuscrit de Toulouse, par TEORT. . . . . . . . . . . 50

H. 34 c., l. 27 c.

630 Portrait d'Anne d'Autriche (peinture ancienne). .

T., h. 2, 50 c., l. 1, 85 c.

631 Saint Benoît refusant la tiare (école française). .

T., h. 2, 04 c., l. 1, 74 c.

632 Un lit de justice sous Henry III (école française). .

T., 1, 95 c., l. 2, 53 c.

633 Vase en albâtre. . . . . . . . . . . . . . . . . . 3000

H., 96 c., l. 74 c.

634 Coupe en albâtre. . . . . . . . . . . . . . . . . 3000

H., 57 c., l. 68 c.

635 « Ainsi qu'Ophélia par le fleuve entraînée,
« Elle est morte en cueillant des fleurs. »
Bas-relief, par PRÉAULT. . . . . . . . . . .

636 Sarah la baigneuse, statue en plâtre, par BUHOT. . . 500

# BIBLIOTHÈQUE

DES

# GALERIES DES BEAUX-ARTS

---

OUTRE LES LIVRES EXPOSÉS ET MIS EN VENTE AUX GALERIES DES BEAUX-ARTS, UNE BIBLIOTHÈQUE CHOISIE EST A LA DISPOSITION DU PUBLIC. ELLE CONTIENT, ENTRE AUTRES, LES COLLECTIONS DU JOURNAL L'ARTISTE, DE LA CARICATURE, DU CABINET DE LECTURE, ETC. *Des livres : comme la Galerie de Florence; la Galerie du Palais-Royal, galeries de portraits;* les VIES des Peintres de *Décamps, d'Argenville* et autres *Traités sur la Peinture et la vie des Peintres; l'Antiquité expliquée par Montfaucon; des Livres de Costumes de diverses époques; Monuments de la monarchie française de Lenoir; divers ouvrages pour les Arts la Peinture, etc.; les Tableaux de la Révolution Française; la Galerie Historique de Landon; les Salons et Paysages, du même; Livres sur l'*ARCHITECTURE*; l'Arméria-Réal de Madrid; l'Histoire de l'Art par les Monuments*, *de Seroux d'Agincourt, etc., etc.*

# LIVRES

EN VENTE

# AUX GALERIES DES BEAUX-ARTS.

## LIVRES EN VENTE AU PRIX RÉDUIT.

1 **Anciennes** (les) **Tapisseries** représentées en 123 planches formant 2 vol. gr. in-fol. oblong demi-rel. 300 fr. net. . . . . . . . . . . . . . . . . . . . . . 125

Ouvrage publié par Jubinal et Sansonetti.

2 **Arabian Nights**, 3 vol. grand in-8. d. m. r. 110 fr. Réduit à. . . . . . . . . . . . . . . . . . . . . 68

Édition illustrée de mille gravures sur bois.

3 **Boys**'s Picturesque Architecture of Paris, Gent, Antwerp, Rouen, etc. 26 superbes dessins exécutés à l'huile, coloriés par un nouveau procédé chromo-lithographique de Hulmandell, *impérial* in-fol., élégante demi-reliure publ. à 160 fr. Réduite à . . . . . . . 100

Ce volume commence par les restes des ruines de l'église de la Madeleine, rue de la Licorne, à Paris. Certainement il n'y a que les Anglais qui n'ont pas

Fr.

oublié ces ruines; j'en appelle aux plus fins antiquaires! L'on voit combien nos amis d'outre-Manche prisent nos antiquités.

4 Brockedon's Illustrations of the Passes of the Alps; Lond. 1828, 2 vol. in-4. figur. dos de mar. tr. d. 272 fr. . . . . . . . . . . . . . . . . . . . . . . 110

109 superbes gravures dessinées et gravées sur acier d'après les plus beaux sites que l'on rencontre dans les communications entre la France, la Suisse et l'Italie, avec une description historique.

5 Brulliot Dictionn. des Monogrammes. *Munich*, 1832, 3 tomes en 1 vol. in-4. belle d.-rel.-maroq. tr. dor. Publié à 90 fr. . . . . . . . . . . . . . . . . . . . 65

C'est le plus exact et le meilleur de tous les ouvrages publiés sur les monogrammes; il est divisé en trois parties: la première contient les monogrammes; la seconde les initiales, et la troisième les noms abrégés ou incomplets. L'auteur a mis à profit les travaux de Christ, Orlandi, Bartsch, Ottley et Bryan.

6 Chamberlaine's Royal Collection of Drawings, 70 pl. royal in-fol. *Lond.*, 1841. d.-rel. maroq. r., élég. r. De 330 fr. réduit à . . . . . . . . . . . . . . 135

Collection fac-simile des plus beaux dessins du Musée de Londres, d'après les anciens maîtres, et spécialement des maîtres célèbres des écoles de Bologne, Rome, Florence et Venise, avec un choix des meilleurs dessins de Léonard de Vinci, Raphaël, Michel-Ange, le Guide, Le Carrache, Le Poussin, etc., gravée par Bartolozzi, Schiavonetti et Lewis.

7 Collection de soixante feuilles d'Alphabets historiés et fleuronnés, tirés des plus beaux manuscrits de l'Europe, des documents les plus rares, ou composés par J.-B. Silvestre, profess. de Calligraphie des Princes.

Alphabet-Album éminemment utile aux artistes, peintres, graveurs, etc., etc., et curieux pour les amateurs de beaux livres. 1 vol. In-fol. oblong, sur beau papier vélin, d. maroq. non rogné. . . . . 56

*Nota.* Les planches se vendent séparément *un franc.*

FR.

8 Coney's Foreign Cathedrals,Hotels-de-Ville, etc., *Lond.*, 1841, royal in fol. d. mar. De 280 fr. réduit à . . . 100

Choix de vues des anciennes cathédrales, hôtels-de-ville, et autres monuments d'architecture gothique, recueilli en France, en Hollande, en Allemagne et en Italie.

9 Corner's Portraits and Lives of celebrated Painters. 1 vol. gr. in-4. d. mar. n. r. De 80 fr. réduit à. . . 20

20 portraits de peintres et quelques spécimens de leurs œuvres.

10 Cooke's Etchings of Thames Scenery. 1 vol. royal in-4. dem. mar., élégante reliure. De 125 fr. réduit à. . . 55

70 planches parfaitement gravées sur acier, représentant des vues des bords de la Tamise.

11 Cooke's Shipping and Craft, in-4. élégamment cartonné. Publié à 100 fr., réduit à . . . . . . . . . . . . 55

65 brillantes gravures représentant les navires, canots, etc. de toute dimension les plus remarquables de l'Angleterre. Cook est l'un des meilleurs artistes peintres de marine de l'époque actuelle; il jouit du moins de cette réputation en Angleterre.

12 Cotman's Architectural Etchings. *Londres*, 1838. 2 v. impérial in-fol. 240 pl. demi-rel. mar. Publié à 600 fr., réduit à . . . . . . . . . . . . . . . . . 215

Les dessins de M. Cotman ont tous la vigueur et la richesse des meilleurs artistes de l'école ancienne; il a su unir le pittoresque à la fidélité du dessin, et choisir les monuments dont il donne les vues parmi les plus beaux et surtout ceux qui étaient inédits.

13 Cotman's Liber Studiorum *Londres*, 1843. in-fol. grand pap. 48 planch. demi-rel. mar. Publié à 68 fr. . . 55

Série de paysages et de compositions d'après les anciens maîtres.

FR.

14 Cotman's, sepulchral Brasses. *Londres*, 1838. 2 vol. in-fol. rel. en demi-rel. mar. 173 pl. très-bien col. 162

Superbe ouvrage contenant un grand nombre de dessins sur cuivre, représentant des tombeaux, etc., accompagnés d'une explication et d'une introduction par MM. Turner et Meyrick.

15 Dallaway's English Architecture. *Londres*, 1833. In-8. carton. à l'angl., publié à 16 fr., réduit à . . 9

Série de discours sur l'architecture en Angleterre, depuis la conquête des Normands jusqu'au règne d'Elisabeth, avec un appendice, des notes et un abrégé de l'histoire des premiers architectes; très-utile pour les architectes et les artistes.

16 Daniell's, Animated Nature. 2 vol. in-fol. richem. rel. à dos mar. 125 pl. publié à 400 fr., réduit à. . . 80

Cet ouvrage est un choix des plus intéressants sujets de toutes les branches de l'histoire naturelle en Orient, le tout représenté par de charmantes gravures au nombre de 125 avec texte historique.

17 DANIEL'S Oriental Scenery, and Antiquities. 6 vol. rel. en 3. *Eléphant* in-fol. publié à 5,200 fr., réduit à . . . . . . . . . . . . . . . . . . . . . . 1350

Éléphant in-fol., terme dont on se sert pour désigner ce format extraordinaire. La reliure de cet ouvrage, qui ne s'exécuterait pas à Paris à moins de 1,200 fr., est digne des belles peintures que renferme cet ouvrage : ce sont des dessins coloriés et exécutés par le plus célèbre en ce genre, Daniel, que le roi Louis-Philippe appelait son ami. Ce sont 140 aquarelles reliées en 3 volumes.

18 Fisher's Bedforshire Antiquities. 1 vol. petit in-fol. dos mar. Publié à 215 fr., réduit à . . . . . . . . 55

117 planches sur cuivre, dont quelques-unes coloriées, et formant une collection historique, généalogique et topographique pour le comté de Bedford.

FR.

19 Fisher's Warwickshire Antiquities. *Londres*, 1836. Gr. in-fol. 46 pl. demi-rel. mar. Publié à 260 fr., réduit à . . . . . . . . . . . . . . . . . . . . . . 68

Suite de sujets historiques, généalogiques et topographiques, pour servir à l'histoire du comté de Warwick; les planches sont très-bien gravées.

20 Flaxman's Compositions from Homer's Iliad and Odyssey. 2 v. in-fol. oblong, publ. à 136 fr., réd. à 65

75 gravures au trait, remarquables de hardiesse, et gravées d'après Flaxman par Piroli, Moses et Blake.

21 Flaxman's Compositions from the tragedies of Æschylus. In-fol. oblong. de 65 fr. réduit à . . . . . . 35

36 superbes planches gravées sous les yeux de Flaxman, par Piroli, Moses et Howard.

22 Flaxman's Compositions from the Works of Hesiod. 1 vol. in-fol. oblong. publ. à 65 fr., réduit. à . . . 35

37 planches gravées au trait sous la direction de Flaxman, par Blake.

23 Flaxman's Compositions of the acts of Mercy. In-fol. oblong, dos mar. de 55 fr. . . . . . . . . . . . . 27

Suite de 8 superbes planches en relief parfaitement gravées à l'aqua-tinta, exacte imitation des dessins originaux.

24 Gallery of Portraits. *Londres*, 1833–37. 7 vol. impérial in-8. 168 portr. avec entourages, élég. cart. De 185 fr. réd. à. . . . . . . . . . . . . . . . . . . 110

Curieuse collection de portraits d'hommes célèbres anglais et étrangers, avec une excellente notice biographique sur chacun d'eux.

25 Galerie de Leuchtenberg à Munich. 1 vol. in-fol. mar., élégante rel. De 320 fr. réd. à . . . . . . . 160

32 magnifiques gravures, épreuves sur papier de Chine, chef-d'œuvre du genre.

FR.

26 GALLERY OF THE EARLY GERMAN MASTERS. 115 magnifiques planches rel. en 2 vol. *éléphant* in-fol. dos mar., riche reliure. Publié à 2,625 fr. . . . . . . 925

Suite de 115 pl. Gravées sur pierre d'après les originaux qui appartenaient aux frères Boisseree, mais nouvellement achetés par le roi de Bavière, joints par lui à la Galerie de Munich. — Ouvrage d'une imitation admirable, aussi beau presque que les dessins même et d'après des maîtres comme Lucas de Leyde, Albert Durer, Heemskerck, le Maître de Cologne, Hemmeling, Van Eyck, Mabuse, Israël Von Meckenem, Schoreel, Michael Coxie, Melem, Lucas Cranach, Holbein, Martin Schoen, etc...

27 GRINDLAY'S (*capt.*) Oriental Scenery. 1 vol. in-fol. dos de mar. avec papier glacé à chaque pl. Publ. à 320 fr. 216

36 Superbes gravures coloriées, imitation de l'aquarelle, vues, costumes, architectures de l'Inde. — Chaque planche peut être encadrée.

28 GODWIN'S Domestic Architecture, fig. *Lond.*, 1835. 2 vol. in-4. demi-reliure maroq. 96 planches. De 136 fr. réduit à. . . . . . . . . . . . . . . . . . . 68

Excellents modèles d'architecture domestique, c'est le confortable avant tout; maisons de village, habitations de ville, jardins, tout est fait et réduit à ce principe, et sur les meilleurs modèles de tous pays.

29 HANSARD (George Agard), the Book of Archery. In-8. cart. 39 gr. sur cuivre. Publié à 40 fr., réduit à . . 20

Ouvrage très-bien exécuté pour le texte, et surtout pour les gravures, donnant une histoire complète de *l'Archerie*, avec beaucoup d'anecdotes historiques s'y rattachant, et la théorie de la manière de tirer de l'arc.

30 HOLBEIN, LA COUR DE HENRI VIII. 80 planches. . . 380

Exemplaire en très-grand papier impérial, in-fol., richement relié en d. maroquin, tranche dorée, et véritable GALERIE DE PORTRAITS, fac-simile d'après des originaux conservés au château de Windsor, avec une Notice historique.

FR

31 HOPE's Costumes of the Ancients. *Londres*, 184 . 2 vol. grand in-8., nouv. édit. 321 pl. Cart. à l'angl. . . 70

Ouvrage excellent pour les costumes des anciens Egyptiens, Grecs, Romains, etc.

32 HUNT's ARCHITECTURA CAMPESTRE. 1 vol. in-4. fig., d rel. mar. De 27 fr. réduit à . . . . . . . . . . 18

Tous les ouvrages de Hunt sont également recherchés, soit par le bon goût des créations, soit par le bon choix des imitations.

33 HUNT's Exemples of Tudor Architecture. *Lond.*, 1836. Royal in-4. demi-rel. mar. 37 pl. Publié à 55 fr., réduit à . . . . . . . . . . . . . . . . . . . . 30

Beau livre spécialement utile pour l'architecte qui veut obtenir par les meilleures combinaisons l'élégance et la solidité.

34 JAKCSON's History of Wood engraving. *Londres*, 1839. Grand in-8. demi-rel. maroq. . . . . . . . . . . 68

Cet ouvrage, qui contient plus de 300 belles gravures sur bois, dont la plupart sont des fac-simile des plus beaux et des plus rares morceaux de la gravure sur bois, est un des mieux faits et des plus intéressants sur cette matière.

35 KNIGHT's Ecclesiastical Architecture of Italy. *Londres*, 1843. Imp. in-fol. 40 belles pl. demi-rel. mar. . . 130

L'objet de cet intéressant ouvrage est de donner des modèles de l'architecture des églises primitives, et de faire connaître les différents genres d'architecture italienne jusqu'au quinzième siècle. Cette nouvelle publication justifie la réputation que l'auteur avait acquise par son *Voyage architectural en Normandie*, et son *Histoire des antiquités sarrazine et normandes en Sicile*.

FR.

36 Knigt's Saracenic and Normand Remains in Sicily. Imp. in-fol. dos mar. tr. d. De 135 fr., réduit à . . 100

Cette série de 30 lithographies supérieurement exécutées à l'aqua-tinta, dont quelques-unes sont coloriées, représente des monuments d'antiquité du temps de la conquête des Normands en Italie, époque riche en monuments.

37 Lyson's Gloucestershire Antiquities. *Londres*, 1803. 1 v. gr. in-fol. dos mar. De 160 fr. réd. à . . . . . . 60

Collection de 110 gravures, quelques-unes coloriées d'après les vitraux des églises, les vieilles maisons, les tombes, les sculptures, etc., etc., du comté de Gloucester.

38 Martin's Civil Costume of England, gr. in-4. cart. en toile, aux armes du prince Albert. 60 planches. 75

Élégant ouvrage dédié au prince Albert, et dont les costumes anciens sont tirés des plus beaux manuscrits, richement peints en or et en couleurs.

39 Meyrick's Ancient Armour. 3 vol. petit in-fol. dos mar. vert, élégante reliure. Publié à 550 fr. Réduit à. . 270

*Nouvelle édition, augmentée* par l'auteur, aidé de tous les savans de l'Europe.

Recherches sur les anciennes armes et armures des chevaliers, lors de leur existence en Europe, et particulièrement depuis la conquête des Normands jusqu'au règne de Charles II, avec un glossaire pour les anciens mots.

Toutes les planches sont enluminées en or, en argent et en couleurs, à la façon des anciens manuscrits, sur un papier glacé imitant *la peau vélin*, et forment un ouvrage des plus remarquables.

40 Moses's antique vases, candelabra, lamps, tripods, and ornaments. *Londres*, 1814. In-4. fig., élég. d.-rel. en maroq. De 80 fr. réduit à . . . . . . . . . . . 40

Superbe spécimen des plus beaux modèles de vases antiques; il est spécialement recommandé aux sculpteurs, peintres, décorateurs, graveurs, etc.

FR.

41 **Murphy's Arabian Antiquities** of **Spain**. 1 vol. gr. in-fol. dos mar. dor. sur tr. Publié à 1072. Net. . . 325

100 superbes gravures des plus remarquables sur l'architecture, la sculpture, la peinture et la mosaïque des Arabes en Espagne d'après les palais de l'Alhambra, de Cordoue, des châteaux et forteresses, etc., avec une description historique, magnifique d'impression. — C'est un de ces ouvrages sur lesquels les éloges sont unanimes.

42 **O'Neils**, Dictionnary of Spanish Painters. 2 vol. gr. in-8., portraits et gravures. De 28 fr. 50 c. réduits à 18

On trouve dans cet excellent ouvrage une relation sur l'état de la peinture en Espagne, et des détails sur les principales galeries de ce pays.

43 **Price** (sir Uvedale), on the Pitturesque, with an essay on taste by S. Thom. Dick Lauder Bart. *Lond.*, 1842. In-8. cartonné, 60 pl. grav. sur bois. Pub. à 26 fr., réduit à . . . . . . . . . . . . . . . . . . . . . . 15

Les essais de S. Uvedale Price sont très-estimés en Angleterre par tous les artistes et les hommes de goût. Cette nouvelle édition, publiée par S. Th. Lauder, forme un très-joli volume pour le texte et les gravures.

44 **Pugin's Gothic** Ornaments. *Londres*, 1831. 1 vol. in-4. dos mar. violet, avec 90 planches. . . . . . 110

Ces exemples d'ornements sont très-utiles pour l'instruction pratique; les planches sont gravées d'après des dessins pris sur les monuments les plus curieux d'Angleterre et de Normandie.

45 **Pugin's** Exemples of Gothic Architecture. *Lond.*, 1838. 3 vol. in-4. fig., dos mar. violet.. . . . . . . . . . 200

Choix des plus curieux et des plus anciens édifices de l'Angleterre; leurs plans, leurs élévations, leurs différents styles, etc. 225 planches, gravées par Le Keux, publiées à 350.

Les exemples d'architecture gothique donnent à cet ouvrage une extrême importance pour les artistes.

FR.

46 RAOUL-ROCHETTE. Peintures antiques inédites, précédées des recherches sur l'emploi de la peinture dans la décoration des édifices sacrés et publics, chez les Grecs et chez les Romains. *Paris*, 1836. 1 vol. in-4 de 15 planches coloriées, peintures antiques, toutes inédites, *sur mur*, *sur argile* et *sur verre*. Publié à 40 fr., réduit à. . . . . . . . . . . . . . . . . 15

Ouvrage dans lequel l'auteur a réuni, avec le savoir et l'érudition dont il a donné tant de preuves, tous les documents qui nous restent de l'antiquité grecque et romaine, sur l'emploi qui se fit de la peinture historique pour la décoration des édifices sacrés et publics, et qui comprend toute l'histoire de cet art envisagé sous ce rapport; il ne saurait manquer d'être accueilli avec intérêt dans un temps où les questions qui ont trait à la peinture des anciens sont agitées en sens divers par des antiquaires et des artistes habiles, en France et en Allemagne particulièrement.

47 ROBINSON'S RURAL ARCHITECTURE.

La collection des ouvrages de Robinson sur l'architecture utile, l'économie de l'architecture, se compose de 6 volumes, dont le prix est de savoir :

1° L'architecture rurale, de 110 fr. réduit à...... 60

2° L'architecture de village, 96 pl., de 50 fr. réduit à 30

3° Dessins pour l'ornement, 40 pl., de 110 fr. réd. à 60

4° Pour la construction des fermes, et, comme il le dit lui-même, pour les rendre commodes et agréables. 56 pl., de 60 fr. réduit à........................ 40

5° Pour les entrées des parcs, des maisons, chaumières, etc. 48 pl., de 55 fr. réduit à................ 42

6° Nouvelles séries d'ornements sur les mêmes sujets. 56 pl.......................................... 55

48 SALT'S Travels in Abyssinia. *Lond.*, 1814. Gr. in-4. avec 37 gravures et cartes. De 135 fr. réduit à . . . . . 21

Voyage exécuté par les ordres du gouvernement anglais, contenant une relation de l'état des côtes d'Afrique, quelques détails sur les côtes d'Arabie, d'Égypte, etc. Très-estimé.

FR.

49 SARGENT, Shakespeare illustrated. 1 vol. gr. in-8. fig.

45 très-belles gravures sur acier, pour orner les œuvres de Shakespeare. De 45 fr. réduit à. . . 20

50 SHAW'S and Bridgens furnitures. *Londres*, 1838. In-fol. demi-rel. mar. r. 60 planches. De 80 fr. réd. à 40

Collection de meubles et décorations d'intérieur, dans le style du règne d'Élisabeth, et le style gothique; dessinés et coloriés avec beaucoup de goût et de soin.

— Le même; gr. pap. vél, pl. col. . . . . . . . . . . . . 81

51 SELBY'S ILLUSTRATION OF BRITISH ORNITHOLOGY; the figures of BRITISH BIRDS. 383 planches, dont 228 supérieurement coloriées. Richement relié, à dos mar. vert, doré sur tranche, avec papier glacé sur chaque planche. 2 vol. *éléphant* in-fol. Publié à 2,590 fr., réduit à . . . . . . . . . . . . . . . . 810

Sans contredit, c'est le plus grandiose ouvrage publié sur l'ornithologie, et dans lequel les oiseaux sont représentés dans leur état et grandeur naturels, peints sur le plus beau papier glacé que l'on puisse imaginer. Nous n'avons rien en France qui puisse lui être comparé.

52 SEYMOUR'S HUMOROUS Sketches. 1 vol. grand in-8, fig., dos de mar., non rog. . . . . . . . . . . . . . . . 25

Volume comprenant 86 caricatures fort piquantes, avec un texte spirituel en prose et en vers.

53 SÉROUX D'AGINCOURT, histoire de l'art par les monuments. *Paris*, Treuttel et Würtz, 1811 à 1823, 6 vol. gr. in-fol. avec 325 pl. d.-rel., au lieu de 720 fr. . . 325

——— papier vélin . . . . . . . . . . . . . . . . . 650

L'un de ces livres de premier ordre, mais d'un prix si élevé autrefois, qu'il manque à beaucoup de grandes bibliothèques, où il est indispensable. C'est un trésor pour les artistes studieux, qui y trouvent des renseignements indispensables pour l'étude de leur art.

FR.

54 STORER's Cathedrals of England. 4 vol. in-8 fig. au nombre de 250, délicieusement gravées. Publié à 200 fr., réduit à . . . . . . . . . . . . . . . . . 80

L'histoire des anciennes Églises et Cathédrales de l'Angleterre, avec la représentation des plus remarquables, doit infiniment intéresser nos archéologues, nos artistes et nos amateurs de beaux livres.

55 STOTHARD's Monumental Effigies of Great Britain. *Londres*, 1817, grand in-fol. 147 pl. rel. en dem.-rel. mar. Publié à 475 fr., réduit à . . . . . . . . . 216

Vues d'un grand nombre de Cathédrales et d'Églises de l'Angleterre, pour servir à l'histoire de l'architecture, depuis la conquête des Normands jusqu'au règne de Henri VIII, avec une description historique et une introduction, par Alf. John. KEMPE ; ouvrage très-estimé en Angleterre.

56 STRUTT's DRESSES AND HABITS of the people of England. 2 vol. royal in-4, illustrés de 153 planhes, dos mar. . . . . . . . . . . . . . . . . . . . . . 110

Un exemplaire admirablement peint en or, en argent et en couleur, d'après les monuments authentiques des bibliothèques de Londres, d'Oxford, de Cambridge, etc., rich. rel. en d. mar. doré en tête. . . . 500

57 STRUTT's Regal and Ecclesiastical Antiquities of England. 1 vol. royal in-4, dos mar. v. . . . . . . . . 61

Portraits authentiques des Rois anglais, depuis Edouard le Confesseur jusqu'à Henri VIII, et de quelques autres grands seigneurs de ces temps, et tels qu'ils ont été conservés dans les bibliothèques et les cathédrales de l'Angleterre. 72 planches, d'après les anciens manuscrits.

58 WILD's FOREIGN CATHEDRALS Choix de vues des plus belles cathédrales du Moyen-Age, gravées sur pierre, coloriées et représentant les cathédrales de Strasbourg, de Cologne, de Chartres, de Beauvais, de Reims, de Rouen, de Saint-Ouen, d'Amiens. 12 pl. sur papier-carton vél. *Chaque planche se vend séparément*. . . . . . . . . . . . . . . . . . . 31

FR.

59 WIGHTWICK's Palace of Architecture, a Romance of Art and History. 1 vol. gr. in-8 illustré de 211 gravures. 65 fr., réduit à. . . . . . . . . . . . . . . . . . 32

Ouvrage destiné à une introduction à la connaissance de l'architecture, faisant connaître les divers genres, classique, oriental, Moyen-Age et moderne.

60 WILKINSON's Londini illustrated. 2 vol. in-fol. dos mar. 207 pl. grav. De 650 fr., réduit à. . . . . . . . . 135

Histoire de Londres dans ses antiquités, ses monastères, ses églises, ses chapelles, ses palais, ses principales maisons, ses théâtres; enfin, tout ce qu'il y a de plus remarquable dans cette immense ville.

61 YOSY's Costumes of Switzerland. *Londres*, 183 , 2 vol. grand in-8. 50 belles grav. coloriées. De 90 fr. réd. à 35

Costumes suisses, très-bien coloriés, accompagnés d'un texte contenant un abrégé de l'histoire des dix-neuf Cantons, des instructions pour les voyageurs en Suisse; des anecdotes, des traditions, des croyances et des coutumes de la Suisse.

---

UNE QUANTITÉ

## DE BELLES ESTAMPES, PORTRAITS, ETC.,

**renfermés dans des cartons,**

A VENDRE SÉPARÉMENT.

---

DÉPOT DE L'OUVRAGE D'EUGÈNE DELACROIX SUR HAMLET.

# L'AMI DES ARTS

## LIVRE DES SALONS

PREMIER VOLUME

rédigé par

MM. A. de La Fizelière, rédacteur en chef; et par MM. Ad. Desbarrolles, A. de Lamartine, Jules Janin, E. Masséras, Charles Nodier, de l'Académie Française, Duplessis, Alexandre Dufaï, Hippolyte Rolle, etc.,

ET ORNÉ DE DESSINS LITHOGRAPHIÉS OU GRAVÉS

par

MM. Alophe, Boulanger, Bour, Clerget, Colin, Durand-Brager, J. Duvaux, Français, Gigoux, Moreaux, Mouilleron, Roussel, etc.

Relié avec luxe et doré.......... 18 fr.
Cartonné à l'anglaise............ 15



---

**Pour paraître au 20 décembre :**

# LES GALERIES DES BEAUX-ARTS

## ALBUM DES SALONS

RICHE RECUEIL IN-FOLIO OBLONG, CARTONNÉ A L'ANGLAISE

Avec un Frontispice gravé sur cuivre par C.-E. Clerget

ET COMPOSÉ DE 12 DESSINS SUR PAPIER DE CHINE

gravés et lithographiés par

MM. Alophe, L. Boulanger, Bour, A. Colin, Durand-Brager, J. Duvaux, Français, Gigoux, T. Johannot, Moreaux, Mouilleron et Roussel;

d'après

MM. Alophe, Boulanger, Cherelle, Devéria, Cogniet, Colin, Durand-Brager, J. Dupré, Gigoux, Johannot, Moreaux et de Planet.

AVEC UN TEXTE EXPLICATIF EN VERS ET EN PROSE.

**PRIX : 10 FRANCS.**

---

PARIS. — TYP. LACRAMPE ET COMP., RUE DAMIETTE. 2.

**Bureaux, rue de Seine, 33.**

# L'ILLUSTRATION

## JOURNAL UNIVERSEL

Paraissant tous les samedis depuis le 4 mars 1843

**ORNÉ DE GRAVURES SUR TOUS LES SUJETS ACTUELS**

Événements politiques, Fêtes et Cérémonies publiques,
Portraits des Personnages célèbres,
Inventions industrielles, Procès criminels et correctionnels, Vues pittoresques, Cartes géographiques,
Compositions musicales, Tableaux de mœurs,
Scènes de Théâtre, Monuments, Costumes, Décors, Tableaux,
Statues, Modes, Caricatures, etc., etc., etc.

## ABONNEMENT

| PARIS. | | DÉPARTEMENT. | | ÉTRANGER. | |
|---|---|---|---|---|---|
| 3 mois | 8 fr. | 6 mois | 16 fr. | 1 an | 30 fr. |
| 3 mois | 9 fr. | 6 mois | 17 fr. | 1 an | 32 fr. |
| 3 mois | 10 fr. | 6 mois | 20 fr. | 1 an | 40 fr. |

Pour les abonnements, s'adresser aux libraires et aux directeurs de postes et des messageries, ou envoyer, *franco*, un mandat sur Paris, à l'ordre de M. Dubochet, rue de Seine, 33.

Tous les abonnements datent du 1er de chaque mois.

**Chaque numéro, 75 centimes.**

La livraison mensuelle, brochée avec une belle couverture, 2 f. 75 c.

Cette publication mensuelle est une réimpression du Journal destinée à faire chaque année 2 volumes en 12 livraisons.

Le premier volume est en vente.

Prix, broché.................. 16 fr.
richement cartonné..... 21

Tout numéro gâté ou perdu peut toujours être remplacé pour 75 centimes.

Paris. — Typographie Lacrampe et Ce, rue Damiette, 2.

www.ingramcontent.com/pod-product-compliance
Ingram Content Group UK Ltd.
Pitfield, Milton Keynes, MK11 3LW, UK
UKHW021625260726
13994UKWH00003B/1072

9 782329 445830